IM 1
W0281307

Tout peut s'oublier

DU MÊME AUTEUR

Je vais bien, ne t'en fais pas, Le Dilettante, 2000 ; Pocket, 2001.

À l'ouest, Éditions de l'Olivier, 2001 ; Pocket, 2002.

Poids léger, Éditions de l'Olivier, 2002 ; Points, 2004.

Passer l'hiver, Éditions de l'Olivier, 2004 ; Points, 2005 (Goncourt de la nouvelle).

Falaises, Éditions de l'Olivier, 2005 ; Points, 2006.

À l'abri de rien, Éditions de l'Olivier, 2007 ; Points, 2008 (prix France Télévisions, prix Populiste, prix Jean Amila-Meckert).

Des vents contraires, Éditions de l'Olivier, 2009 ; Points, 2010 (prix RTL/*Lire*).

Kyoto Limited Express avec Arnaud Auzouy, Points, 2010.

Le Cœur régulier, Éditions de l'Olivier, 2010 ; Points, 2011.

Les Lisières, Flammarion, 2012 ; J'ai lu, 2013.

Peine perdue, Flammarion, 2014 ; J'ai lu, 2015.

La Renverse, Flammarion, 2016 ; J'ai lu, 2017.

Chanson de la ville silencieuse, Flammarion, 2018 ; J'ai lu, 2019.

Une partie de badminton, Flammarion, 2019 ; J'ai lu, 2020.

OLIVIER ADAM

Tout peut s'oublier

ROMAN

J'AI LU

© Olivier Adam et les Éditions Flammarion, Paris, 2021

Le Code de la propriété intellectuelle interdit les copies ou reproductions destinées à une utilisation collective. Toute représentation ou reproduction intégrale ou partielle faite par quelque procédé que ce soit, sans le consentement de l'auteur ou de ses ayants droit ou ayants cause, est illicite et constitue une contrefaçon sanctionnée par les articles L335-2 et suivants du Code de la propriété intellectuelle.

Pour Karine

Si tu voulais me faire Pearl Harbor,
Ça c'est fait, babe.

Jean-Louis MURAT,
« Ça c'est fait », *Baby Love*

Crystal Palace

Toutes les chaînes d'info relayaient l'incident. Sans doute n'avaient-elles rien d'autre à se mettre sous la dent ce soir-là. Depuis plusieurs semaines les mouvements sociaux occupaient la une de l'actualité. À la longue les commentateurs s'essoufflaient. Les spectateurs commençaient à se lasser. Tout était bon à prendre pour changer un peu de sujet. Nathan Forsberg continua à zapper. Partout, à un moment ou à un autre, on tombait sur ce type qui apostrophait le président dans la cour de l'Élysée. Personne ne savait comment il avait réussi son coup. Comment il était parvenu à s'introduire parmi les journalistes qui couvraient la rencontre. Ce qui, à en croire les voix off, soulevait d'épineuses questions de sécurité. Sur toutes les images, dont seul l'angle de vue changeait, on voyait Emmanuel Macron serrer la main de son visiteur du jour, quand soudain quelqu'un se mettait à crier.

— Monsieur le président ! Monsieur le président !

Les caméras paniquaient un peu, cherchaient brièvement l'auteur de l'interpellation, puis se fixaient sur un jeune homme barbu au visage émacié et au regard fiévreux. Les gestes nerveux, à bout de patience, ce dernier demeurait silencieux un court instant puis, de nouveau, s'adressait au chef de l'État, sous les regards horrifiés des gars du protocole.

— Monsieur Macron ! Je suis le frère d'Alizée Tellier. Ça fait deux mois qu'on est sans nouvelles. Rien n'avance. On a besoin de votre aide.

Un plan serré cadrait alors le président qui dans son style habituel surjouait l'impassibilité, affectait la sourde oreille. Mais on entendait la voix insister.

— Monsieur le président, monsieur le président, je vous en supplie, aidez-nous, on a besoin de vous.

Ça durait un petit temps comme ça. Crispé à force de mimer la détente, le chef de l'État tâchait de continuer à sourire, sans pour autant lâcher la main d'un Shinzo Abe visiblement troublé. Mais Clément Tellier continuait. Irrité, Emmanuel Macron finissait par consentir à se tourner vers lui et à lui adresser quelques mots. D'abord pour lui rappeler que ce n'était ni lieu ni le moment d'évoquer cette affaire, nonobstant la présence du chef du gouvernement nippon sur le perron de l'Élysée. Puis pour l'assurer qu'il était au courant de la situation. Ses services étaient mobilisés. L'État français travaillait en bonne intelligence avec nos amis japonais. Il invitait le jeune homme à s'entretenir avec son directeur de cabinet. Ce dernier le recevrait immédiatement. Mais quand même, concluait-il, avec ce ton de professeur qui gronde un élève tout en tentant de rester smart, ce n'étaient pas des manières de faire.

Un petit retour sur le plateau et on enchaînait avec un bref rappel de la situation sur fond d'images montées à la va-vite et illustrant approximativement les faits : Alizée Tellier, une jeune femme de vingt-six ans, s'était volatilisée deux mois plus tôt lors d'un séjour touristique à Kyoto. Elle avait quitté son hôtel un beau matin pour aller se promener, supposait-on, visiter deux ou trois temples et se recueillir dans un sanctuaire, longer sans doute la rivière dont les rives s'ensauvageaient sitôt passé le long pont de bois qui l'enjambait, s'aventurer peut-être dans l'infinie succession de collines recouvertes d'arbres cotonneux qui surplombaient les habitations et encadraient la ville, et n'était jamais réapparue. Selon l'hôtelier, elle était sortie vers 11 heures ce matin-là, sans rien emporter d'autre qu'un petit sac à dos. Il lui restait pourtant quatre nuits à passer dans l'établissement, qu'elle avait réglées à l'avance. En outre, sa valise et ses papiers avaient été retrouvés près de son lit. C'est le gérant lui-même qui avait prévenu l'ambassade de France, laquelle avait alerté la famille. Très vite, les deux frères d'Alizée, Arthur et Clément, s'étaient rendus sur place. Séjournant à Arashiyama, le quartier dans lequel elle avait été vue pour la dernière fois, ils avaient cherché leur sœur partout où ils avaient pu, et aussi longtemps que leurs ressources le leur avaient permis. Après avoir écumé les lieux et lancé de multiples appels à témoins, ils avaient fini par convaincre des autorités locales d'abord rétives de mener une enquête. Mais celle-ci, dans un pays où les disparitions volontaires étaient si courantes qu'on n'avait pas vraiment l'habitude de partir en quête de ceux qui voulaient par-dessus tout effacer leurs propres traces (qui plus est quand il s'agissait d'étrangers), s'était avérée aussi molle qu'infructueuse. Les semaines défilaient et rien ne se dessinait. Sinon des conclusions définitives auxquelles les frères ne voulaient pas se résoudre. Depuis son départ de l'hôtel, personne ne semblait avoir croisé Alizée. On n'avait pas le moindre indice. Les caméras de sécurité elles-mêmes restaient muettes. On perdait sa trace à l'entrée de la forêt de bambous de Sagano, comme si elle s'y était enfoncée pour ne plus jamais en sortir. Il fallait croire qu'elle s'était, comme tant d'autres au Japon avant elle, littéralement évaporée.

Ainsi se concluaient la plupart des sujets. Avant de passer à autre chose. Comme si l'affaire était close depuis longtemps déjà et qu'au fond la démarche de Clément Tellier auprès du président de la République relevait de l'acharnement. Du baroud d'honneur. Mais Nathan le savait : à l'image de l'interpellation sauvage qui avait eu lieu le matin même, les frères ne désarmeraient jamais. N'arrêteraient pas tant qu'ils n'auraient pas de réponse. Contrairement à la police japonaise, ils ne croyaient pas une seconde que leur sœur ait pu organiser sa propre disparition, ni s'être suicidée dans une forêt profonde ou en sautant du haut d'une falaise. Ils ne lui avaient jamais connu le moindre goût pour la fuite, ni de tendance dépressive. Elle n'avait même jamais été du genre à laisser sa famille sans nouvelles plus de quarante-huit heures d'affilée. D'ailleurs quand elle avait disparu c'était son sixième jour au Japon et jusque-là elle avait veillé à tenir sa famille informée en temps réel de chacune de ses visites, de chacune de ses rencontres, de chacun de ses émerveillements, et même du plus petit des tracas auxquels, comme tous les voyageurs séjournant dans un pays étranger, elle avait dû faire face.

Elle était quelque part, ils le savaient. Elle était en vie. On allait finir par la retrouver. Et tant pis si désormais le temps s'égrainait en semaines, et même en mois.

Nathan éteignit la télévision.

*

La mer était lisse et noire. La nuit camouflait les récifs. De l'autre côté de la plage, les grandes villas se découpaient en ombres chinoises. Au large, on distinguait à peine les remparts de la vieille ville. Seul le clocher de la cathédrale contredisait la pénombre. Accoudé à la balustrade, Nathan alluma une cigarette. De là, il pouvait bénéficier d'une vue plus ou moins directe sur les terrasses de beaucoup de ses voisins, et sur certains de leurs intérieurs. C'était une résidence années 1970 à l'architecture si tarabiscotée, tout en angles, retraits et décrochages, que rien n'échappait tout à fait à la curiosité. L'immeuble, à la façade incrustée de petites pierres et de coquillages, comprenait une dizaine d'étages. Un hôtel occupait les deux premiers. Les autres abritaient en majorité des appartements de location saisonnière ou faisant office de résidences secondaires. Tous proposaient une vue dégagée sur la plage principale et ses fameux bancs de sable blanc affleurant à marée basse, et plus loin sur la baie constellée de forts et d'îlots que fermait une pointe s'enfonçant loin dans la mer.

Ils n'étaient pas nombreux à vivre là à l'année. Et moins encore à veiller à cette heure avancée. Au quatrième, une lueur bleutée trahissait à travers des rideaux fermés un téléviseur devant lequel devait somnoler un couple de touristes anglais – les Britanniques fréquentaient la station en masse. Au cinquième, un couple baisait. Ils avaient laissé une lampe de chevet allumée mais c'était dommage, on ne distinguait presque rien à cause des draps et des reflets sur les vitres. Au sixième, un dîner s'achevait. On en était aux liqueurs. La vitalité apparente des conversations tranchait avec la moyenne d'âge des convives. Les Lenoir aimaient recevoir. Et rares étaient les soirs où ils dînaient seuls, que ce soit dans leur salon ou sur leur terrasse aux beaux jours. Il arrivait régulièrement que des vacanciers se plaignent du bruit. Du tintement des verres et des couverts, de la musique, des rires et des éclats de voix dont le volume ne diminuait en général que vers deux ou trois heures du matin. Sûrement des jeunes, s'insurgeaient alors leurs voisins de circonstance. Ils se gouraient sur toute la ligne. Les Lenoir allaient sur leurs quatre-vingts balais. Mais ils aimaient toujours autant faire la fête.

Sur la terrasse d'à côté, Jorgen, un Danois tout en muscles et coiffé à l'ancienne mode des footballeurs – court et bouclé dessus, nuque longue à l'arrière –, prenait l'air en slip rouge. Ce type ne semblait pas craindre grand-chose. Ni le froid ni le ridicule, en tout cas. Nathan ne l'avait jamais vu beaucoup plus vêtu que ça depuis son emménagement. Il ne le connaissait pas vraiment. Le saluait tous les matins d'un coup de menton et ça en restait là. Au moindre rayon de soleil un peu sérieux, il le voyait quitter son salon, s'installer sur sa chaise longue en terrasse et, quasi nu, s'offrir à la grande lumière. Même en plein hiver. Il n'avait aucune idée de ce que ce type pouvait bien fabriquer de sa vie en dehors de ça. La semaine, Jorgen vivait seul dans son appartement immense. Nathan l'apercevait parfois dans son salon, devant son ordinateur. Mais toujours à moitié à poil. Tous les vendredis soir, une femme superbe, sans doute d'origine indienne mais qu'est-ce qu'il en savait, le rejoignait pour le week-end. Chaque samedi et chaque dimanche à l'heure du brunch, Nathan les entendait haleter. En général c'était le signal. Pas besoin de montre ni d'alarme. Il était temps d'aller bosser.

— Pas encore couché ?

Il leva la tête. De sa terrasse au huitième, Lise lui faisait signe. Le bout incandescent de sa cigarette s'agitait dans la pénombre.

— Ça va ?

Elle répondit d'un geste vague qui voulait tout dire. Nathan lui proposa de le rejoindre. Deux minutes plus tard elle sonnait à sa porte, traversait le salon et s'effondrait dans un des fauteuils tournés vers la baie vitrée. C'était devenu le sien, à force. Son poste attitré. Ils vivaient seuls l'un et l'autre et l'un au-dessus de l'autre. Avaient divorcé à quelques mois d'intervalle. Il arrivait que le besoin de compagnie se fasse sentir. Ils avaient pris leurs habitudes.

— T'as entendu les infos à la radio ? l'interrogea-t-elle alors qu'il lui tendait un verre de whisky.

Il la regarda sans comprendre. Ne se rappelait pas lui avoir jamais parlé d'Alizée Tellier ni de ses frères. Il lui avait bien sûr raconté en long en large son récent séjour à Kyoto mais s'était concentré sur le récit de ses propres recherches. Et puis il percuta. Elle parlait de la manif parisienne du jour. Ça avait encore dégénéré. Des dizaines de black blocs s'étaient mêlés au cortège et ils avaient tout pété. Les affrontements avaient été particulièrement violents. La répression particulièrement brutale et approximative. Une fois de plus, des manifestants avaient été blessés à l'œil ou à la main par des tirs de LBD ou des grenades de désencerclement. À l'antenne les commentateurs avaient fait mine de s'inquiéter, mais on sentait bien qu'ils en frétillaient d'avance : tout cela allait mal tourner, il ne faudrait pas s'étonner qu'il y ait des morts.

— Il n'y était peut-être pas, tenta-t-il pour la rassurer. Tu peux pas savoir.

— Si, il y était. Une mère ça sent ces choses-là.

Lise s'enfonça dans son fauteuil et commença à boire son whisky les yeux fermés. Des larmes coulaient sur sa joue.

— Tu as eu des nouvelles ?

— Il y a trois jours. Ma sœur l'a croisé place de la République. Elle était à la manif pour le climat. Les cortèges ont convergé. Il portait un genre de tenue de camouflage, mais elle l'a reconnu. Quand elle a essayé de lui parler, il a pris la fuite. Elle a quand même réussi à le rattraper. Elle l'a supplié de nous appeler, de nous faire signe. Et lui, pour toute réponse, tu sais ce qu'il lui a dit ?

Nathan haussa les épaules. Même s'il avait bien sa petite idée.

— Toujours macronistes ces trouducs ? Et il l'a plantée là. Aurélie en est restée bouche bée. Elle l'a juste regardé disparaître dans la foule. T'imagines ?

Elle poursuivit sur le sujet un petit moment et Nathan l'écouta patiemment. Même s'il connaissait déjà l'histoire. Son fils parti de la maison sans prévenir pour cause de radicalisation politique. Son fils embrigadé par un prof de philo, un genre de gourou d'ultragauche anarcho-autonomo-mon cul, qui lui avait lavé le cerveau – elle songeait d'ailleurs à l'attaquer en justice, cette enflure. Son fils décrétant soudainement que ses parents, paisibles sociaux-démocrates orphelins d'un PS en décomposition, étaient d'odieux fascistes, d'abominables dominants, d'affreux bourgeois complices de l'exploitation du prolétariat, de la dictature ultralibérale et de l'état policier qui la servait. Leur modération le faisait vomir, leur mollesse les disqualifiait, leur goût pour la nuance les érigeait en ennemis. Mais c'est leur choix, même attristé, de voter Macron aux dernières élections pour éviter un funeste second tour Fillon/Le Pen qui avait entériné le diagnostic et achevé de le convaincre : ses parents étaient devenus définitivement infréquentables. Et peu lui importait que son père porte désormais un regard plutôt circonspect sur l'équipe au pouvoir et sa manière de conduire les affaires du pays. Peu lui importait que sa mère émette un jugement à peine moins sévère que le sien sur l'état du monde et de la société française mais qu'elle diverge quant aux remèdes, et persiste contre vents et marées à croire au vote, à la démocratie représentative, au dialogue social et à la gauche réformiste si elle existait encore. Chaque soir à table le ton montait et virait aux insultes.

— Tu aurais vu Gabriel à l'époque. Il était comme… embrigadé. Comme s'il avait été recruté par une secte. Avec ses discours complètement déconnectés et qui n'offraient pas la moindre prise. Des raisonnements tautologiques. On pouvait lui dire n'importe quoi pour le contredire ou tenter de lui faire voir les choses autrement, de façon plus complexe ou nuancée, il réfutait tout. Tout ce qui pouvait ébranler le discours qu'on lui avait fourré dans le crâne. Le monde tel qu'il avait décidé qu'il était. Il nous regardait comme si on était des demeurés. Des gens naïfs. Tu aurais vu la morgue. Le mépris...

Nathan savait tout ça. Et jamais il n'avait trouvé le courage de suggérer à Lise qu'il y avait peut-être autre chose. Que toutes ces engueulades n'avaient sans doute été qu'un prétexte. Que son fils s'était sans doute tiré et l'avait rayée de sa vie pour d'autres raisons. Elle n'en démordrait jamais, il en était certain.

— Si tu sais qu'il est à Paris, lui avait-il demandé un jour, pourquoi vous allez pas là-bas le retrouver, toi et ton ex ? Pourquoi vous essayez pas de le coincer et de discuter avec lui ?

— Alain ne veut plus entendre parler de lui. Ça fait longtemps qu'on a son adresse, tu sais. Un de ses copains d'ici, avec qui il est toujours en contact, a fini par nous la donner. Apparemment, il squatte chez un responsable de son organisation. Mais Alain dit que c'est à Gabriel de faire le premier pas, de répondre à nos textos, de nous adresser un signe, de présenter des excuses. Et puis aussi, Gabi est majeur maintenant.

— Et toi ?

— Moi ? Moi j'y suis déjà allée, qu'est-ce que tu crois ?

— Et alors ?

— Je l'ai vu. C'était il y a six mois, peut-être.

— Et tu as pu lui parler ?

— Si on peut appeler ça parler. Il était si fermé. Je ne le reconnaissais pas. Impossible de faire le lien, tu comprends. Le lien entre mon petit garçon et ce jeune homme méprisant, dur, cassant.

— Qu'est-ce qu'il t'a dit ?

— Qu'il ne voulait plus nous voir. Que nous n'étions pas « compatibles ». Tu imagines. « Compatibles. » Qu'est-ce que ça veut dire ?

Et elle avait fondu en larmes.

Lise se tut et le bruit de la mer se chargea de tamiser le silence. Nathan l'observa siroter son whisky tandis qu'elle le regardait pardessus son verre. Elle semblait perdue. Elle devait se sentir si terriblement impuissante. Il connaissait bien ce sentiment lui aussi. Ça le rongeait même en permanence. Sur la chaîne hi-fi, Nino Ferrer chantait *La Rua Madureira*. Il se leva, monta le volume et fit signe à Lise de le rejoindre. Elle s'essuya les yeux, haussa les épaules. Lui offrit un mince sourire un peu forcé. Mais elle finit par se lever à son tour. Leurs mains se joignirent et leurs corps se collèrent. Ils avaient l'un comme l'autre la texture de l'épuisement et de la détresse. Nathan plongea son visage dans le rideau noir des longs cheveux de Lise, cala son crâne dans le creux de son épaule, et ils dansèrent lentement dans la nuit salée.

*

Lise dormait. Ce n'était pas la première fois qu'ils passaient la nuit ensemble. Ils avaient déjà partagé le même lit. Mais ça s'était toujours arrêté là. Ils s'étaient toujours contentés de s'assoupir côte à côte. Ni elle ni lui n'avaient la tête à autre chose, il fallait croire. C'était juste agréable, de temps en temps, de ne pas dormir seul. De sentir la chaleur d'un corps près du sien, de pleurer ensemble leurs disparus, de les évoquer à voix basse avant de sombrer dans le sommeil. Elle y était parvenue bien avant lui.

Il se leva et fit le tour des pièces. Comme s'il y cherchait quelque chose. Ou quelqu'un. Le salon longé par la baie vitrée et la terrasse donnant sur la mer. Sa collection d'estampes et d'objets ramenés du Japon. La cuisine et ses dizaines de céramiques sorties de l'atelier de Jun. La deuxième chambre et le lit où Léo ne dormait plus qu'une semaine sur deux, les derniers temps. Il alluma les lampes. Des tonnes de peluches Totoro, de chats-bus et de figurines de mangas surgirent des ténèbres. Des affiches d'*anime* produits par Ghibli. Des tas de monstres en plastique commercialisés par Bandai. Tout ça n'en finissait pas de lui broyer le cœur.

Il éteignit et rejoignit Lise dans ce lit où il avait si longtemps dormi contre Jun. Avant qu'elle ne décide, il y avait de cela maintenant près d'un an, qu'elle en avait marre de lui. Qu'il était trop ceci ou pas assez cela. Qu'elle ne l'aimait plus. Qu'elle avait fait trop de concessions et lui pas assez, même s'il avait fait au moins celle de quitter la petite maison perdue dans la campagne où il vivait de l'autre côté de la Rance pour s'établir ici avec elle, dans cette résidence années 1970 avec vue sur mer et coquillages incrustés dans le crépi des façades. À entendre Jun, ça ne ressemblait à rien de vivre en Bretagne si on n'était pas au bord de l'eau. Ça n'avait aucun sens de rester comme ça au milieu des vaches, des chèvres et des champs de choux. Les hortensias et les roses trémières ne suffisaient pas à compenser. Et tant qu'à faire elle préférait ce côté-ci de l'aber. Elle le trouvait plus doux, plus coquet, plus chic, plus « civilisé », plus « british » que son coin de terres agricoles et de prés humides, de chemins boueux et d'austères bâtisses taillées dans le granit. Cela convenait mieux à ses goûts et à la vision qu'elle avait de l'Europe, quand bien même elle la savait factice. Ce déménagement lui avait coûté à lui aussi, mais bien sûr ce n'était pas comparable. Elle avait quitté un continent, un pays, une ville, sa famille, ses amis pour s'installer avec lui. Il pouvait bien faire l'effort de se déplacer d'une vingtaine de kilomètres pour vivre avec elle.

Il se recoucha. Lise grogna dans son sommeil. S'agita un peu et posa soudain sa main sur sa queue. Nathan ne s'en froissa pas. Ce n'était sans doute pas intentionnel. Ça pouvait arriver. Le sommeil était parfois traître.

Salement équivoque. Elle devait le confondre avec son ex. On ne perdait pas ses habitudes en un clin d'œil. Vingt ans de vie commune et de nuits partagées ne s'effaçaient pas d'un coup de gomme.

C'est Gabriel qui avait été la cause profonde de leur séparation. Du moins c'est ce qu'elle ne pouvait pas s'empêcher de se dire. Leur couple n'avait pas survécu à la déflagration. Au chagrin. Et à la tentation de tenir l'autre pour coupable. Chacun se renvoyait la paternité des mots qui avaient été prononcés et s'étaient révélés irréversibles. Des mots qui avaient poussé Gabriel à claquer la porte pour ne jamais réapparaître. Les engueulades étaient devenues si violentes. Chaque jour ça empirait. Et quand ce n'était pas la politique qui mettait le feu aux poudres, il fallait encore qu'ils s'écharpent sur l'assiduité toute relative de l'adolescent en cours, ses notes en chute libre et le temps qu'il passait dans des rassemblements de protestation à Rennes ou à Nantes, voire à Paris, et dont Lise soupçonnait qu'ils n'avaient rien de pacifique. La sympathie qu'affichait leur fils pour les black blocs, au moins pour les provoquer, les rendait complètement dingues. Ils avaient de plus en plus de mal à se maîtriser. Au fond, jamais ils n'avaient réussi à discuter vraiment avec lui, à argumenter. Très vite ils s'emportaient, ne parvenaient pas à se contenir devant les provocations du gamin, ses leçons de morale et ses accusations, et inévitablement la discussion dégénérait. Gabriel n'était qu'un petit con, inculte et influençable, manichéen et simpliste, dogmatique et intolérant. Il les traitait de fascistes mais en définitive c'est bien lui qui rêvait d'une dictature, fût-elle celle d'un prolétariat auquel il n'appartenait même pas. Il leur reprochait d'ailleurs leur embourgeoisement sans réaliser qu'il profitait à plein et depuis tout petit du confort dans lequel ils vivaient : ah il était beau, le petit gauchiste anarcho-trotskiste qui passait ses vacances en Italie ou au bout du monde, avec ses pompes de marque, ses vêtements siglés, sa console vidéo et son smartphone à huit cents balles. L'adolescent les avait pris au mot. Dieu savait comment et de quoi il vivait désormais. Il était parti et n'avait plus jamais donné de nouvelles. Lise n'avait pu s'empêcher d'en vouloir à Alain. C'était profondément injuste, elle le savait bien. Elle n'avait pas mieux su gérer la situation que lui. N'avait pas plus que son mari su garder ses nerfs. Mais elle ne pouvait s'arracher cette idée de la tête : si son ex avait été plus patient, s'il avait été patient pour deux, ils n'en auraient peut-être pas été là. Elle n'aurait pas perdu son fils. Et tant pis si, ainsi, elle s'exonérait à peu de frais de ses propres responsabilités. Tant pis aussi si en se focalisant sur Gabriel elle planquait sous le tapis la somme de ressentiment, de trahison et d'usure qui était venue à bout de leur couple, comme de tant d'autres. Elle était comme tout le monde. Face à la douleur, au désarroi et à l'échec, il lui fallait désigner des coupables. Et s'arranger avec sa propre conscience pour ne pas trop se haïr quand elle croisait son reflet dans un miroir.

Nathan attrapa doucement la main de Lise et la reposa sagement sur le drap. Il s'aperçut qu'il bandait. Ça faisait longtemps que ça ne lui était pas arrivé. C'était malin. Il ferma les yeux et essaya de trouver le sommeil malgré tout.

*

Quand Nathan se réveilla, Lise n'était plus là. Il ne l'avait pas entendue partir. Il n'avait pourtant pas le sommeil si lourd. Mais elle était capable d'une discrétion de fantôme. Pouvait se lever, s'habiller et quitter l'appartement sans un bruit, sans même faire claquer la porte. Il ignorait comment elle s'y prenait. Il avait tenté l'expérience à plusieurs reprises mais sans clé, c'était tout bonnement impossible. Au minimum, on obtenait un claquement mat, suffisamment puissant pour troubler le sommeil intranquille d'un type dans son genre. Il regarda son téléphone. Décalage horaire oblige, c'était la nuit qu'il attendait des nouvelles. Il en allait sûrement de même pour Arthur et Clément Tellier. Dormaient-ils seulement parfois ? Ou gardaient-ils en permanence les yeux ouverts et rivés à leur mobile, guettant eux aussi un message d'Akira Muro ? C'est sur leur recommandation que Nathan avait rencontré le détective la veille de son départ. Muro s'était montré prudent. Ce n'était pas la première fois qu'on lui soumettait un cas comme celui-là. Il n'avait pas toujours réussi à remettre la main sur les disparus. Le Japon était un grand pays et il était aisé de s'y planquer. Du reste il ne faudrait pas compter sur le soutien de quiconque. Personne n'aiderait un étranger à courir après des compatriotes. Surtout pas les autorités locales. Et même dans le cas hypothétique où il retrouverait la trace de Jun et Léo, il préférait le prévenir, les choses ne seraient pas simples pour autant. Nathan ne pourrait faire valoir aucun droit. Il y avait fort à parier qu'il se heurte à un mur. Nathan avait encaissé. Il y était prêt. Il était prêt à tout. Tout valait mieux que de rester sans rien faire, sans nouvelles, sans même savoir où se trouvaient exactement son ex-femme et son fils et s'ils allaient bien. Depuis, il attendait l'appel d'Akira Muro. Et chaque matin le décevait.

L'ascenseur le déposa au rez-de-chaussée. Au bout du couloir, une simple porte vitrée avec digicode séparait l'immeuble de la plage. Mais ce n'était pas suffisant pour empêcher le sable de s'infiltrer et de se déposer partout sur le carrelage, à tous les étages, au grand dam d'Alfonso. Ce dernier, responsable de la propreté et de la gestion quotidienne des lieux, d'une humeur constamment exécrable, râblé et court sur pattes, en avait fait son ennemi personnel et lui livrait une guerre féroce. L'été était son pire cauchemar. Alors, l'hôtel et les appartements de location se remplissaient de plagistes insouciants, d'enfants aux pieds nus, allant et venant, multipliant les allers-retours, encore humides de leurs baignades, munis de ballons constellés de mica, de pelles et de râteaux colonisés par l'adversaire. Sans parler des planches de bodyboard et des combinaisons. Alfonso frémissait de colère en les voyant passer devant lui et lâchait de longs soupirs excédés dont personne ne tenait compte. Il sermonnait, affichait, éructait, même, quand on le poussait vraiment à bout.

Le tri sélectif était une autre de ses obsessions. Rien ne le mettait plus en rage que de trouver des bouteilles de verre au milieu des déchets ménagers ou des bacs destinés au recyclage. Quant à la chaudière qui alimentait l'ensemble de la résidence, elle constituait sa passion ultime, son amour véritable et son beau souci. Alfonso passait son temps à en vérifier le bon fonctionnement, à la décrasser jusqu'au plus profond des entrailles. Mais il n'en négligeait pas pour autant ses autres tâches : lessivage des parties communes, maintenance du système d'éclairage (il avait toujours une batterie d'ampoules dans les poches et vérifiait les lampes quotidiennement, d'étage en étage), distribution du courrier, entretien du jardin paysager, petits travaux de réfection mobilisant ses nombreuses compétences en matière de maçonnerie, d'électricité ou de plomberie. Il avait l'air constamment débordé. À l'écouter, il aurait fallu réunir une équipe de six ou sept personnes pour faire correctement le travail qu'on lui demandait. Sans compter qu'il était payé une misère, même en ajoutant à son salaire la valeur locative du deux pièces qu'il occupait au quatrième étage. Celui avec la moins belle vue, n'omettait-il jamais de préciser.

— Alors vous êtes rentré du Japon ?

Nathan ne put s'empêcher de sursauter. Il s'apprêtait à pousser la porte qui le séparait de la plage quand Alfonso avait surgi, semblant sortir de nulle part, comme d'habitude. Le con. Il faisait ça tout le temps. Nathan ignorait comment il s'y prenait mais il fallait croire que ça l'amusait. Il n'arrivait pas à s'y habituer. Il ne prit pas la peine de lui rappeler qu'ils avaient déjà échangé dix ou vingt fois sur ce sujet. Ni qu'il était rentré depuis bientôt deux mois.

— Et toujours pas de nouvelles de votre dame ?

— Non Alfonso, toujours pas. A priori elle est là-bas. Je ne sais pas où exactement.

Personne ne le sait. Ou ne veut me le dire. Je n'ai pas pu parler à ses parents.

— Et le petit ?

— Il était avec elle dans l'avion. C'est tout ce que je sais.

Alfonso fixa le sol en secouant la tête et lâcha un grognement. Sa bouche se tordit soudain de dégoût. Il se saisit de son balai : quatre grains de sable avaient échappé à sa vigilance.

— Quand même… C'est vraiment dégueulasse, ce qu'elle vous a fait. Partir comme ça sans prévenir. Avec votre fils… Ne pas donner la moindre nouvelle.

— Je sais. On en a déjà parlé, Alfonso. C'est dégueulasse, je suis bien d'accord avec vous. Mais je ne lâche pas l'affaire.

— Moi, je dis que vous devriez parler à ses copines. Je suis sûr qu'elles en savent plus qu'elles veulent bien le dire. Avec les Asiatiques, faut toujours se méfier. Ils sont pas francs. Ce sont des dissimulateurs.

— Vous me l'avez déjà dit. Merci pour vos conseils, Alfonso, bonne journée.

Nathan laissa le concierge à son balayage et à son racisme coutumier et poussa la porte vitrée.

Dehors la lumière du jour lui crama les yeux. La plage était quasi déserte. Les gens ne savaient pas ce qu'ils manquaient. Sous le ciel nickel, la mer s'étalait en un beau glacis émeraude, tout à fait lisse et gorgé de lumière.

Rien n'arrêtait le regard. La baie semblait courir jusqu'aux confins du monde. Nathan prit la direction du centre-ville. Les dernières paroles d'Alfonso résonnaient encore sous son crâne. Les copines de Jun… Ses amies japonaises. Mariées comme elle à des Français, dotées comme elle d'enfants métis, exilées elles aussi. Étonnamment, le coin regorgeait de couples franco-japonais. Ils en fréquentaient quatre ou cinq. Depuis la séparation et le divorce, Nathan ne les croisait plus qu'à la dérobée. Finis les grandes tablées, les repas partagés, les sorties communes sur la plage, les pique-niques. Et depuis la disparition de Jun et de Léo, il avait bien remarqué qu'elles baissaient le regard quand il les croisait par hasard, ici ou dans la vieille ville. Il sentait bien qu'elles l'évitaient. Elles ne venaient même plus au cinéma. Même quand Nathan programmait un Kore-eda, un Kiyoshi Kurosawa ou un Naomi Kawase. Même plus avec les enfants pour les dessins animés de Makoto Shinkai, Mamoru Hosoda ou Naoko Yamada. Lui aussi les soupçonnait de savoir quelque chose. D'être restées en contact avec Jun. D'avoir été au courant de ses projets avant même qu'elle ne les mette en œuvre. D'un certain point de vue, il pouvait presque comprendre leur loyauté. Mais ça ne l'empêchait pas d'avoir envie de se ruer sur elles chaque fois qu'il les voyait. Ça ne l'empêchait pas d'avoir envie de les prendre par le col et de les secouer jusqu'à ce qu'elles lui donnent la putain d'adresse de son ex-femme et de son fils. Il avait vu trop de films de yakuzas dans sa vie. Ça finissait par lui monter à la tête.

Le jour où Jun et Léo s'étaient volatilisés, Nathan, paniqué, était allé les voir ou les avait appelées une à une. Elles avaient toutes eu l'air si empruntées, si gênées. Mais elles l'étaient souvent. La gêne faisait partie des traits culturels qu'elles avaient en commun, et dont elles n'étaient pas près de se départir, même au bout de tant d'années passées en France, un pays où, à tort ou à raison, on n'avait jamais honte de rien, et surtout pas de soi-même, où on ne s'excusait qu'en dernier ressort et se foutait bien d'embarrasser les autres. Un pays où on n'avait d'égard pour personne.

Elles avaient toutes appris la nouvelle avec placidité. À peine étonnées. Mais toutes sauf une lui avaient juré ne pas avoir la moindre idée de l'endroit où pouvait bien se trouver Jun. Seule Naoko, qui tenait avec son mari, un Corse au physique imposant, un restaurant étoilé dans la vieille ville fortifiée, avait émis l'hypothèse qu'elle puisse être déjà loin. À l'autre bout du monde même. Sur le coup Nathan n'avait pas compris où elle voulait en venir.

— Elle est peut-être rentrée.

— Rentrée ? Comment ça ?

— Au Japon.

— Quoi ?

— Elle en avait peut-être marre de la France… Tu sais bien. Le syndrome de Paris.

— Mais on n'est pas à Paris, ici.

— Oh, ça ne change rien. Certaines n'arrivent jamais à s'habituer vraiment à la vie d'ici…

Nathan avait réfléchi un instant. Comme tout le monde, il avait déjà entendu parler de ce fameux syndrome réputé s'abattre sur les Japonais séjournant longuement en France. Notre brutalité, notre impolitesse, notre frontalité, notre mauvaise humeur, nos mauvaises manières, la saleté, les incivilités et par-dessus tout la distance infinie entre la France qu'ils avaient imaginée, rêvée, fantasmée, tout droit sortie d'un catalogue de mode des galeries Lafayette, d'une publicité Chanel ou Saint Laurent, d'un prospectus vantant les mérites du pays de l'élégance et du raffinement, d'une scène d'*Amélie Poulain* ou d'un vieux film avec Catherine Deneuve, Yves Montand, Alain Delon ou Jeanne Moreau, et la réalité nettement moins reluisante de notre pays, menaient parfois ces exilés volontaires au bord de la dépression. Quand elle ne les y enfonçait pas tout à fait. Bien sûr, au fil des années, il avait vu Jun déchanter peu à peu, se plaindre de plus en plus fréquemment de la France et des Français, mais pas beaucoup plus que lui-même. Ce qui n'empêchait pas sa femme de l'inclure dans certaines de ses diatribes. Pour autant, jamais il n'avait pensé qu'elle puisse vouloir partir. Sa vie était ici.

Elle s'y plaisait. Elle aimait les gens et les paysages – ce qui aux yeux de Nathan était les seuls ressorts possibles du sentiment d'appartenance. Son atelier ne marchait pas si mal. Elle avait beaucoup d'amis. Ils allaient chaque année au Japon, et chaque fois elle se disait heureuse d'en repartir. Les rôles étaient inversés. Il était toujours bien plus nostalgique de ce pays qu'elle. À lui, les rues de Kyoto, les érables et les cerisiers, les collines et la campagne du Kansai, les pagodes, les temples et les sanctuaires manquaient presque en permanence. Il brûlait toujours de les retrouver. Alors qu'elle n'y voyait plus qu'une corvée. Une simple obligation familiale. Du moins était-ce ce qu'elle affirmait.

Non ça ne tenait pas. Elle ne pouvait pas être rentrée là-bas. Et encore moins y avoir emmené Léo sans l'en avertir. C'est ce qu'il avait rétorqué à Naoko ce jour-là. Mais ça n'avait pas eu l'air de la convaincre.

Il fit un crochet par les rues commerçantes. Longea restaurants et librairies, traiteurs et cavistes, boulangeries et boutiques de vêtements et de décoration d'intérieur. Sur la devanture de l'ancien atelier-boutique de Jun était affiché un panneau « À louer ». Aux dernières nouvelles, une épicerie fine était sur les rangs. Nathan n'avait aucune raison valable d'emprunter ces rues, de quitter les abords de la plage où se dressaient à la fois la résidence où il logeait et le cinéma où il travaillait. Mais c'était plus fort que lui. Chaque jour, comme un con, il passait devant la boutique. Chaque jour, comme un con, il faisait ce détour débile. Comme si une part de lui-même, obscure et insensée, s'attendait à voir l'atelier rouvrir. S'attendait, en en poussant la porte, à trouver Jun devant son four ou son tour de potier, levant les yeux de son labeur pour accueillir un client et lui demander si elle pouvait l'aider ou s'il souhaitait regarder tranquillement les objets proposés à la vente. Tasses, bols, saladiers, assiettes, coupelles, sous-plats en céramique fabriqués à la main dans la plus pure tradition des grands maîtres japonais.

Il resta un moment devant l'échoppe fermée avant de poursuivre son absurde déambulation. Au passage, il salua les commerçants un à un, et leurs rares clients quand ils étaient aussi les siens. Les trois filles de La Parenthèse, le petit resto où il avait ses habitudes ; Lise, au milieu des livres et des étagères, qui sirotait un café en ouvrant le courrier du jour – et un instant il hésita à entrer dans la librairie pour lui demander s'il n'avait pas rêvé, si cette nuit elle avait bien posé sa main sur son sexe, si elle s'en était rendu compte et si c'était volontaire ou accidentel ; l'opticien, qui ne ratait jamais les films qu'il recommandait et adorait lui tenir la jambe à leur sujet pendant des plombes après les projections. Au fond de la boulangerie, penchée sur ses baguettes prêtes à cuire, Yoko fit semblant de ne pas le voir. Son mari, occupé à installer ses pâtisseries dans la vitrine, lui adressa tout de même un petit sourire, toujours le même depuis la disparition de Jun et de Léo. Un petit sourire triste et compassionnel. Il semblait sincèrement désolé pour Nathan. Mais peut-être s'en faisait-il surtout pour lui-même. Peut-être se demandait-il si ça ne lui pendait pas au nez, à lui aussi. Si Jun n'allait pas déclencher une épidémie, une remigration massive des Japonaises mariées à des Français établis sur la Côte d'Émeraude. Les Japonais mariés à des Françaises étaient plus rares, mais Nathan en comptait tout de même deux parmi ses connaissances. L'un était chef étoilé et officiait sur le port de Cancale. L'autre, architecte de son état, possédait une vaste maison dominant la pointe d'où il pouvait jouir, le veinard, d'une vue sur la mer à cent quatre-vingts degrés. Étrangement ils lui paraissaient moins susceptibles de repartir sans prévenir, emmenant leurs gosses avec eux et profitant des particularités de la loi japonaise pour les soustraire à leur épouse. Certes, en faisant des recherches sur le sujet, Nathan avait bien trouvé quelques femmes paniquées, perdues, fonçant au Japon sur les traces de leur ex-compagnon et de leurs enfants, pour se heurter au silence et à une justice indifférente, voire franchement hostile, avant de rentrer chez elles abattues, sans recours, rongées par la rage et le manque. Mais dans l'ensemble elles constituaient des exceptions. Pour l'essentiel c'était plutôt le lot des hommes, semblait-il. Il avait même discuté avec certains d'entre eux, par mail, par téléphone ou de visu. De retour du Japon, fouillant le Net de fond en comble, se connectant à des forums où des couples franco-japonais discutaient des problèmes spécifiques qu'ils pouvaient rencontrer dans la vie de tous les jours, il avait été sidéré de tomber sur tant de cas similaires au sien. Et rien de ce qu'il avait retiré de l'étude de leurs situations ne l'avait rassuré. Si la plupart d'entre eux finissaient par remettre la main sur leur ex et leurs enfants, rien n'était jamais réglé pour autant. Et ça n'empêchait pas certains de demeurer depuis des mois dans un noir aussi complet qu'effrayant. Éric, par exemple. Un type sympathique et détruit que Nathan avait eu au téléphone à plusieurs reprises. Il vivait à Saumur et ça faisait maintenant un an qu'Hiromi, sa compagne, était partie à Nagano avec leurs deux filles, Lya et Cerise, pour les congés scolaires, comme il était d'usage qu'ils le fassent, une fois par an en moyenne. Lui, exceptionnellement, était retenu en France pour son travail. Pendant tout le temps des vacances ils s'étaient donné des nouvelles. Tout semblait parfaitement normal. Les filles étaient heureuses de séjourner là-bas, de voir leurs grands-parents, leurs oncles, leurs tantes, leurs cousins et cousines. Hiromi se languissait de le retrouver. Mais le jour de leur retour supposé, Éric ne les avait pas vues apparaître comme prévu dans le hall de la gare d'Angers. Interloqué, il s'était d'abord efforcé de ne pas paniquer. Elles avaient pu manquer leur train. Leur avion avait pu être retardé, contrairement aux informations qu'il avait recueillies sur le site de l'aéroport. Hiromi pouvait avoir eu des problèmes de téléphone et ne pas avoir été en mesure de le prévenir. Il avait essayé de l'appeler sans succès. S'était renseigné auprès d'Air France. Et avait fini par apprendre que sa compagne et ses enfants n'avaient jamais embarqué sur le vol en partance de Narita. Ses beaux-parents eux-mêmes semblaient tomber des nues. À les en croire ils avaient accompagné leur fille et leurs petites-filles en personne à Tokyo. N'avaient aucune idée de ce qui avait bien pu se passer. Depuis, Éric était sans nouvelles. Il avait tout tenté. S'était rendu sur place. Avait alerté la police japonaise. L'ambassade de France. Le Quai d'Orsay. Et personne n'avait paru en mesure de lui venir en aide. Partout il s'était heurté à un mur. Les Japonais ne voulaient rien entendre. Les Français se déclaraient d'autant plus impuissants qu'Éric et Hiromi n'étaient pas mariés. Lui aussi avait fini par embaucher un détective privé dont les émoluments, ajoutés aux allers-retours au Japon, l'avaient mené au bord de la ruine. Sa famille l'aidait, le tenait à bout de bras, mais ça n'allait pas pouvoir durer longtemps comme ça. La dépression dans laquelle il avait sombré avait déjà eu raison de son emploi. Ses filles lui manquaient. C'était une douleur atroce. Indescriptible. Il crevait, la gueule ouverte.

Nathan avait aussi rencontré Samuel, un cuistot barbu et mélancolique, à Rennes. Ils s'étaient retrouvés au Piccadilly, sur la place de l'hôtel de ville. Son compatriote breton, affublé d'une écharpe aux couleurs du stade rennais, lui avait raconté à peu près la même histoire, à la différence près que lui n'avait pas eu de mal à retrouver son ex-femme et ses deux fils. Il lui avait suffi de se rendre chez ses beaux-parents, à Nara. Mais ces derniers avaient tout simplement refusé de lui ouvrir ou même de lui parler. Quant à sa femme, elle s'était contentée de lui hurler de dégager et de le menacer d'appeler les flics. Samuel l'avait prise au mot. Qu'elle les appelle. Il n'avait rien à craindre. Il n'avait enfreint aucun règlement, commis aucune infraction. C'était même le contraire. C'était elle qui lui avait soustrait ses enfants. Et lui déniait le droit de les voir ou leur parler. Les flics avaient fini par intervenir. Mais, à sa grande surprise, pas en sa faveur. On lui avait fermement demandé de dégager et de cesser d'importuner cette paisible famille. Qu'il en soit, bien que français, un membre lui-même ne changeait rien. Tout le monde était d'accord là-dessus. Les flics japonais, qui lui avaient promis la garde à vue et, à son terme, la condamnation et la prison. Les avocats, qui se heurtaient à un vide juridique. Les services de l'ambassade de France et le Quai d'Orsay, qui s'étaient avoués désarmés, impuissants. Il était sans recours. Si sa femme refusait de le voir et de le laisser voir ses enfants, personne ne pouvait rien pour lui. Samuel avait terminé son récit en larmes. Il était en miettes. Un type à terre. Désespéré. Dont la détresse aurait fendu le cœur aux plus insensibles. Et c'est là, et seulement là, que Nathan avait vraiment pris la mesure de ce qui était en train de lui arriver.

*

Au cinéma tout était en place. Iris tenait la caisse. Bertrand se préparait à lancer les projections. Les plannings à jour des séances de la semaine étaient scotchés en vitrine et mis en ligne sur la Toile. Les affiches des nouveaux films avaient remplacé celles des anciens. Comme une ou deux fois par semaine, le matin, on attendait des scolaires. En général ils affluaient à l'occasion des films historiques ou « à sujet ». C'était souvent comme ça avec l'Éducation nationale. On ne voyait pas l'intérêt de sensibiliser les enfants au cinéma comme une fin en soi. Au cinéma comme un art. Il fallait forcément que ça serve à quelque chose. Que ça illustre un cours, que ça tienne un discours, que ce soit documenté, et en costume si possible. Ou que ce soit adapté d'un roman au programme. Bref, que ce soit « pédagogique ». Mais ça faisait partie des missions de l'établissement et Nathan avait bien dû s'y résigner. Il ne pouvait pas se contenter de présenter uniquement les films qu'il aimait. À moins d'être prêt à couler en six mois chrono. Il y avait des équilibres à ménager. Des machins historiques, ou à thème, ou adaptés de grands classiques de la littérature pour les élèves. Des films d'auteur soutenus par France Inter et *Télérama* ou primés à Cannes, pour les profs et les intellos du coin. Des comédies pas trop honteuses, pour les familles. Des trucs français avec des acteurs connus, pour les vieux. Des dessins animés, japonais en majorité, même s'il lui arrivait de remplir les caisses avec un Pixar ou un Dreamworks, pour les enfants. Et pendant les vacances, mais seulement pendant les vacances, du grand spectacle pour ados – et tant pis si désormais, au cinéma, les ados en question pouvaient avoir quarante-cinq berges ou plus.

Au milieu de tout cela, il lui restait juste assez d'espace pour présenter des choix plus personnels et les maintenir à l'affiche le plus longtemps possible. Le public suivait rarement, mais ça lui allait. L'établissement survivait malgré la concurrence des multiplexes de la région. La mairie le soutenait. Le CNC aussi. Nathan parvenait à payer ses employés (le fils de Lise l'aurait-il considéré comme un odieux patron au service de la dictature néolibérale et de l'industrie culturelle, son ignoble outil de propagande ? Oui. Sûrement) et à se dégager un salaire convenable, qui jusqu'à récemment lui avait toujours suffi. En définitive ça allait même mieux que ce qu'il avait escompté lorsqu'il avait repris la salle, à la mort de son oncle. C'est ce dernier qui lui avait tout appris, lui avait refilé le virus, l'avait initié à la magie des cabines de projection. Lui qui avait décidé de l'embaucher à la fin de ses études (dont, au grand désespoir de ses parents, Nathan ne savait pas vraiment quoi faire : rien ne l'intéressait dans la vie, hormis mater des films). Lui qui avait tout mis en ordre pour que la succession soit possible. Lui qui lui avait donné l'argent nécessaire au rachat de son propre établissement quand il s'était su malade et condamné. Un prêt non remboursable. Une dette à jamais en suspens. Que son dernier souffle avait transformée en don définitif. En héritage. Dans tous les sens du terme.

Les portes s'ouvrirent et le hall fut soudain envahi par quatre-vingt-dix lycéens déchaînés, que peinaient à contenir des enseignants dépassés. Ils avaient l'air plus excités par les paquets de bonbons et le pop-corn qu'ils comptaient s'enfiler que par le film qu'on leur proposait. Un des profs doucha vite leurs espoirs. Avec un brin de plaisir sadique il leur annonça qu'ils n'avaient pas le temps de faire d'achats : la projection allait commencer, il fallait se grouiller. Ça se fait trop pas, monsieur, s'égosillèrent les plus dépités. Nathan laissa Sylvain les accompagner jusqu'à la salle 2 et monta dans son bureau.

Sa boîte mail était saturée de messages. Distributeurs lui proposant leurs prochains films, invitations à des avant-premières destinées aux exploitants, et à diverses conventions présentant les sorties à venir. Il ne répondit à aucune de ces sollicitations. Il n'avait pourtant jamais été du genre à négliger son travail. Loin de là, même. Au fil des années rien n'avait pu émousser l'excitation qu'il ressentait à la perspective de découvrir et de programmer les dernières œuvres de ses réalisateurs fétiches et d'en accompagner de nouveaux. Mais depuis la volatilisation de Jun et Léo, il devait bien admettre qu'il avait levé le pied. L'angoisse lui bouffait le cerveau. La colère le rongeait du matin au soir. Il était en attente perpétuelle. Toujours sur le qui-vive. Du reste il n'avait aucune idée de la façon dont l'avenir allait se profiler pour lui. Il lui était impossible de se projeter à plus de deux ou trois jours. Il se savait susceptible de reprendre un avion pour le Japon à n'importe quel moment. Il suffirait pour cela d'un coup de téléphone d'Akira Muro. Et il espérait en recevoir un le plus tôt possible. En désespoir de cause, il lui était même arrivé de prier pour ça. Il était pourtant aussi athée qu'on puisse l'être. Mais il était prêt à retourner sa veste pour la plus petite nouvelle de son fils. La moindre étincelle d'espoir.

Comme tous les jours il effectua quelques recherches avant de se mettre au travail. Chaque matin il traquait à travers le monde les cas comparables au sien. Il cliqua sur un lien prometteur. Une dépêche du *Guardian*. Un Australien divorcé et vivant au Japon venait de passer quarante-cinq jours en garde à vue et d'écoper de six mois de prison avec sursis pour être entré dans la résidence de ses beaux-parents et avoir tenté d'apercevoir ses enfants. Un typhon avait soufflé sur la ville la veille au soir, et il avait simplement voulu s'assurer que tout le monde allait bien. La justice ne l'avait pas entendu de cette oreille. Le fait qu'il réside à Kobe depuis vingt ans n'avait rien changé à sa situation. On l'avait jugé coupable de harcèlement et de tentative d'enlèvement.

Nathan poursuivit ses recherches. À part la dépêche du *Guardian* il n'y avait rien de nouveau. Il avait déjà lu tout ce qu'on pouvait lire sur la Toile à ce sujet. Les témoignages. Les analyses. Les explications juridiques. La non-reconnaissance au Japon du partage de l'autorité parentale, de la garde alternée ou même du droit de visite. La prise en compte du problème par les autorités françaises et leur promesse d'y remédier, mais sans effet pour le moment – même si Samuel l'avait prévenu, Nathan avait été sidéré lorsqu'il s'était rendu au Quai d'Orsay quelques semaines plus tôt : son interlocuteur était parfaitement informé de ce genre de situation mais n'avait eu aucune réponse concrète à lui fournir, pas le moindre embryon d'aide à lui apporter.

En tapant les mots clés habituels c'était surtout sur le nom d'Alizée Tellier qu'on tombait. L'incident de l'Élysée était repris sur de nombreux sites. Un peu partout on racontait de nouveau l'histoire. C'était un peu plus creusé que la veille mais Nathan n'apprit rien de neuf pour autant. Les battues infructueuses. La rivière sondée en vain. Un téléphone retrouvé dans un ravin, qui s'était révélé ne pas être celui de la jeune femme. Les opérateurs qui se faisaient encore et toujours prier pour fournir les données relatives au mobile et aux différents comptes et applications qu'elle avait pu utiliser le jour de sa disparition. La police japonaise qui commençait à se plaindre de l'insistance de la famille et entendait qu'on la laisse travailler à son rythme. Le panneau placé aux alentours d'un sanctuaire, enjoignant aux femmes de rester sur leurs gardes – on avait signalé la présence d'un homme louche importunant les promeneuses – que les flics refusaient de considérer comme une piste, sans jamais s'en expliquer. Tout comme ils se refusaient à considérer l'hôtelier comme un suspect potentiel. Un corps retrouvé dans une forêt de Sagano, qui n'était pas non plus celui d'Alizée, mais dont personne ne savait dire comment il s'était retrouvé là, ni dans quelles circonstances était survenue la mort. Les appels à témoins des deux frères, leurs tentatives pour mobiliser l'opinion et sensibiliser les médias, la détresse de la mère, la cagnotte pour financer leur prochain voyage à Kyoto, leurs congés sans solde, la rémunération de l'avocat et celle du détective. Nathan connaissait déjà tout ça par cœur. Il l'avait lu cent fois et les frères Tellier le lui avaient raconté eux-mêmes, les yeux rougis par la fatigue et l'angoisse, devant leurs thés fumants, attablés au bois brut d'un café niché au milieu des arbres, tout près de l'endroit où il avait rencontré Jun pour la première fois, huit ans plus tôt.

Kyoto love story

(huit ans plus tôt)

Claire l'avait largué sans préavis. Il avait tout pris dans la gueule en une seule livraison : elle était enfin enceinte, mais pas de lui, et partait vivre avec le futur père, un avocat rennais qui roulait en Audi Coupé et possédait une résidence secondaire dans les environs. Il n'y avait rien à ajouter. Rien à négocier. Elle le laissait seul dans la maison perdue dans la campagne, à quelques kilomètres du littoral, où ils avaient vécu ensemble pendant plus de dix ans, où ils avaient été heureux, croyait-il, mais sans doute s'était-il trompé, sans doute n'avait-il rien vu venir.

— Tu ne vois jamais rien de toute façon, lui avait-elle asséné. Tout te passe sous le nez sans que tu t'en aperçoives. Tu as toujours été comme ça. Comme si pour toi la vraie vie se passait dans les films. Et que le réel n'était qu'une fiction que tu regardais de loin, à distance.

La sentence lui avait paru sévère. Mais elle n'avait peut-être pas tort. Nathan n'en savait rien. À vrai dire il n'avait jamais réfléchi à ce genre de chose. Son propre cas ne l'avait jamais beaucoup intéressé. Il avait parfois la sensation d'être une sorte de figurant dans le film de sa propre vie, de n'y tenir qu'un rôle secondaire, mais ça lui allait comme ça, ça lui convenait : il n'en avait jamais demandé plus, n'avait jamais rêvé d'être au premier plan.

Elle avait mis les voiles le lendemain. Emporté le strict nécessaire (ses vêtements, quelques objets auxquels elle tenait) et abandonné Nathan au milieu des souvenirs de leur vie. Il avait accusé le coup. Passé quelques mois à dévaler la pente, à respecter scrupuleusement toutes les étapes du programme standard. Il avait pleuré sur son sort, négligé son travail, trop bu, trop fumé, baisé avec n'importe qui, s'était répandu auprès de ses proches. Il avait laissé la poussière se déposer partout dans la maison, les herbes pousser dans le jardin et la végétation tout envahir, les gouttières se gorger de feuilles et se boucher, le bois des volets pourrir, le fer forgé du portillon rouiller, les fissures se creuser dans les épais murs de pierre. S'était cru inconsolable. Anéanti. Et dans un sursaut d'orgueil avait fini par se ressaisir. Par un réflexe de survie avait soudain réalisé qu'il lui fallait se sauver. Qu'il lui fallait prendre l'air, du champ, de la distance. Partir quelque part.

Kyoto fut la première destination à lui venir à l'esprit. Il prit ses billets, avertit ses employés au cinéma, ses parents, ses amis. Personne n'osa lui faire remarquer à quel point le projet était paradoxal. Nathan n'était jamais allé au Japon sans Claire. C'est ensemble qu'ils avaient découvert Kyoto et le Kansai. Leur passion commune pour cette ville et ses paysages environnants, la sensation qu'ils y avaient toujours eue d'y être à leur place comme nulle part ailleurs, le bonheur qu'ils y avaient toujours connu constituaient une bonne part du ciment qui les liait et les tenait côte à côte. Ils y avaient séjourné à six reprises au fil des années. C'était leur truc à tous les deux. Y retourner seul risquait d'être plus douloureux qu'autre chose. Il y marcherait sur des traces mal effacées, y rouvrirait des cicatrices mal refermées. Il y croiserait à chaque détour leurs propres fantômes. Il y avait mieux comme nouveau départ. Plus efficace comme thérapie pour se soigner d'une rupture.

Non, personne n'osa l'avertir. Et s'il y songea lui-même, il n'en tint nullement compte.

Il s'envola de Paris au printemps. À Kyoto c'était déjà l'été. La floraison des cerisiers était loin derrière. Dans les jardins des temples, les azalées et les rhododendrons plantés dans une mousse d'un vert tendre et phosphorescent avaient pris la relève. Il pouvait les admirer depuis la fenêtre entrouverte du salon de sa maison de location, au pied de la colline Yoshida. Là non plus, rien ne lui avait effleuré l'esprit au moment de réserver. C'était pourtant la même maison orange, accolée au même petit temple. Celle-là même où il avait séjourné tant de fois avec Claire. Où ils avaient accueilli des amis, des membres de la famille. Celle qu'ils avaient fini par considérer comme leur résidence secondaire.

L'odeur des tatamis, le bois sombre tirant sur le rouge des meubles et du parquet, les panneaux coulissants à croisillons tendus de papier ivoire, la disposition des pièces, le bar qui séparait la petite cuisine du salon, les tableaux, les statues, les bibelots, les motifs des futons, tout lui était familier, et bien sûr il lui fut d'abord étrange de s'y retrouver seul. Tout comme furent étranges et flottantes les premières journées du séjour, qu'il passa à rejouer leurs itinéraires favoris. De temples en sanctuaires, de ruelles en jardins, de cafés en restaurants, il allait partout où ils étaient allés tant de fois ensemble. Plus que l'absence de Claire, c'était de cheminer seul qui le troublait. Mais tant qu'à devoir s'y résigner, c'est encore à Kyoto qu'il préférait le faire. Ailleurs il aurait sans doute été frustré de ne rien pouvoir partager. De penser en permanence « Ah si elle voyait ça. Cet endroit lui aurait tant plu ». Rien de ce qu'il redécouvrait n'était inconnu de Claire. Aucun de ces lieux ne lui était étranger. Et c'était mieux ainsi. Et puis Nathan y avait ses repères, ses habitudes. Les gens qu'il croisait depuis tant d'années, voisins, commerçants, le reconnaissaient et le saluaient, et ils échangeaient quelques mots en anglais. Personne ne lui demandait où était sa compagne. La discrétion, la pudeur, la délicatesse des gens de ce pays n'étaient donc pas qu'un cliché, se disait-il. Et il feignait de ne pas y voir une simple indifférence, teintée de la politesse de façade qui allait avec.

Il passa ainsi les premiers jours à errer le long des collines, à flâner dans les jardins parfaits et à hanter les salles de prière. Il se perdit parmi les maisons anciennes, traversa des rivières, suivit leur cours aussi loin que leurs berges le menaient, gravit des monts sacrés, les yeux rivés aux arbres immenses, couronnés de ciel limpide. Dans la campagne, au milieu des champs de fleurs, des rizières et des habitations de bois parfois recouvertes d'un toit de chaume, le long des lacs bordés d'érables et de cerisiers, au fin fond des forêts de bambous, quelque chose en lui se dénouait, lui semblait-il. Se délivrait. Il retrouvait un peu d'air. Un peu d'allant.

Les jours suivants il prit des trains pour rejoindre la mer intérieure, ses îles bombées posées sur un glaçage parfait d'eau turquoise, un anneau de sable blond les encerclant, des forêts vierges les ensevelissant. Comme autrefois, à Miyajima, des daims fouinèrent dans son sac à dos pour y débusquer un peu de nourriture, et leurs museaux le frôlèrent tandis qu'il s'endormait sur la plage. Il escalada le mont Misen, fit tinter les cloches des sanctuaires, mit à brûler de l'encens, dormit dans des auberges, se laissa amollir par l'eau brûlante des sources chaudes et dîna vêtu d'un yukata parmi les clients éméchés. Tout cela le soignait, pensait-il. L'horizon s'ouvrait de nouveau. Au lieu de le ramener à Claire, tout l'en éloignait. Il reprenait enfin possession de sa vie et de lui-même. Son pouls lui semblait plus régulier. Son cerveau lavé. Son cœur lessivé. Elle pouvait bien aller au diable ou se faire foutre.

*

Ce n'est qu'à la fin de la première semaine qu'il traversa la ville d'est en ouest pour aller se perdre à Arashiyama et Sagano. Il ignorait pourquoi il avait tant tardé. Peut-être parce que c'était leur itinéraire favori – en dehors des excursions rituelles dans les villages d'Ohara ou de Kurama. Sans doute avait-il craint inconsciemment que, cette fois, la nostalgie ne lui plante un morceau de verre en plein cœur.

Le train le déposa près de la rivière et du pont sur la Lune. Et il recomposa leur journée type, étape par étape. D'abord la traversée du pont et la marche sur les berges. Plus on avançait plus la gorge enserrant le cours d'eau s'étrécissait et plus la Katsura accélérait son flux, se colorait, miroitait, se vivifiait, comme si les monts qui tentaient de la contenir, les roches qui affleuraient en son milieu ou la bordaient, les animaux qui de plus en plus faisaient ressentir leur présence la contaminaient, la rendaient à sa nature première, sauvage, impétueuse, limite ardéchoise. Des touristes la descendaient à bord de longues barques couvertes, munis de bières et de brochettes de poissons grillés. Un peu saouls, hilares, la peau rougie par le soleil, ils saluaient Nathan au passage. Allongé sur le rivage, abandonné à la rumeur aquatique, que lézardaient les cris perçants des oiseaux de proie, celui-ci leur répondait d'un geste vague. Il était bien. Parfaitement à sa place. Un peu ivre lui aussi. Sur un rocher au milieu de l'eau, un héron prenait la pose. Très classe. Assez hautain. Nathan finit par s'assoupir.

L'après-midi, il flâna au hasard des ruelles, des boutiques. Tout prenait toujours, dans ce coin de la ville aux allures de village, une texture de vacances. Il y régnait quelque chose d'alangui, de délicieusement délassé. Une douceur soyeuse. Les jardins du temple, l'étang et les étendues de mousse plantées d'arbres aux racines rampantes, les fleurs capiteuses, le lacis des sentiers s'élevant au-dessus de la ville, la lumière dans les branches, tout était parfait. Passé la grande forêt de bambous, il déboucha sur une campagne radieuse, jonchée d'étangs et de sanctuaires cachés dans des bois d'érables et de plaqueminiers. S'y nichait un atelier dont l'entrée était gardée par une multitude de statues de tanukis. Certaines mesuraient sa taille. Le dépassaient, même. Il connaissait bien ces bestioles : il avait pris Claire en photo des dizaines de fois parmi ces grands ratons laveurs à grosses couilles. Le jardin n'avait pas changé, parsemé de kakis fraîchement tombés de l'arbre, de tables et de longs bancs de bois. On pouvait s'y faire servir un thé matcha accompagné de boules de riz gluant grillées ou de longs biscuits à la cannelle, fins et incurvés. Par la verrière on accédait ensuite à l'espace de vente et d'exposition. Un pays des merveilles pour les amateurs de céramique japonaise. Un cauchemar pour la carte Visa. Derrière une cloison coulissante laissée entrouverte il aperçut l'atelier où s'activaient Kazuo Asano, le maître, longs cheveux grisonnants et barbichette en pointe, et ses deux apprenties. L'une d'elles lui plut davantage que l'autre.

La chance aidant, c'est bien elle qui laissa en suspens son travail pour lui souhaiter la bienvenue et se déclarer à sa disposition. Ses grands yeux sombres, ses traits délicats, sa silhouette fragile, son sourire et son accent, sa manière de replacer ses mèches sous le foulard qui lui couvrait le crâne, de barrer sa bouche de sa main quand elle riait en s'excusant de son mauvais français, rien n'échappa à Nathan tandis qu'il faisait mine d'admirer les pièces exposées et proposées à la vente. Et rien non plus quand elle encaissa ses achats et, avec infiniment de soin, les emballa. Elle le félicita pour ses choix. Le hasard faisait bien les choses une fois encore : c'était elle qui avait fabriqué ces tasses et cette coupelle. Le dégradé émeraude tranchant avec l'anthracite de la base, et les incrustations d'émaux turquoise piqués d'éclats carmin lui plaisaient particulièrement. Mais moins que le regard de la céramiste qui les avait façonnés.

Avant de quitter l'atelier, il ne put s'empêcher de lui demander où elle avait appris le français. Ça la fit rire mais elle répondit quand même : elle fréquentait les cours de l'Institut franco-japonais du Kansai. C'était tout près de la maison que louait Nathan. Il suffisait pour s'y rendre de grimper la colline boisée puis de la redescendre, de longer l'université et c'était là, au bout de la rue pour ainsi dire. Mais qu'est-ce que ça pouvait faire ? Ils allaient se dire au revoir et elle rejoindrait dans sa mémoire la foule des passantes dont parlaient Brassens et Baudelaire. Une nuée de visages entraperçus, d'amours imaginaires, de possibles aussitôt oblitérés. Au revoir mon amour, peut-être un autre jour, peut-être une autre année, aurait chanté Dominique A si on lui avait demandé d'illustrer la scène.

Ils bavardèrent quelques instants encore. Elle n'était jamais allée en France mais en rêvait. Tout, de ce pays, la fascinait. L'architecture et les paysages. La langue. La peinture et la photographie. Les chansons. Et bien sûr le cinéma. Catherine Deneuve et Jeanne Moreau, Alain Delon et Jean-Paul Belmondo. Yves Montand, Romy Schneider. Anouk Aimée, Jean-Louis Trintignant, Michel Piccoli, Jean-Pierre Léaud. Les premiers Godard et tout Truffaut. Claude Sautet. Alain Resnais. Éric Rohmer.

— Ah c'est drôle, s'exclama-t-il en saisissant la balle au bond. Vous aimez Rohmer ? Vous avez vu *Conte d'été* ?

Bien sûr qu'elle l'avait vu, et sa façon de prononcer « Melvil Poupaud » était charmante. Nathan lui confia que le film avait été tourné dans la ville où il tenait lui-même un cinéma, et certains plans pas si loin de la maison où il vivait, en Bretagne, sur la Côte d'Émeraude. C'était ridicule. Qu'est-ce qui lui prenait ? Il se fit honte, soudain, dans le costume du dragueur à deux balles. Du gros lourd en voyage se vautrant dans tous les clichés possibles. Et puis qu'est-ce qu'il croyait ? Qu'est-ce qu'elle pouvait en avoir à faire de lui ? Il avait vu sa gueule ?

Il quitta la boutique, reprit ses esprits et poursuivit son périple à travers les rues calmes et ensoleillées de Sagano. Le village serpentait, languide, au pied de collines boisées. Leur camaïeu de verts cotonneux se trouait par endroits de taches roses qu'on aurait dites tracées à l'aérographe. Il fit une halte dans le temple que Claire aimait tant. À l'ombre des érables, des murets rongés de lichen encerclaient des alignements de pierres sculptées figurant naïvement Bouddha, lequel les surplombait en une version plus grande et achevée, le cou ceint d'un collier de perles translucides. C'était un cimetière des pauvres. Un peu en retrait du bâtiment principal se dressait un autel dédié à Jizo, la divinité protectrice des enfants morts. Des dizaines de jouets et de vêtements de bébés s'entassaient autour de la statue, des offrandes et des bougies. Claire ne manquait jamais de s'y recueillir un moment, et toujours ses yeux se mouillaient de larmes. Elle avait eu un petit frère. Il n'avait vécu que quatre mois, emporté par la mort subite du nourrisson.

En déposant sa bougie allumée, Nathan se sentit un peu merdeux. La jolie céramiste occupait un peu trop ses pensées. C'était hors de propos, lui semblait-il. Vaguement blasphématoire.

Le soir venu, flânant dans les jardins endormis d'un temple ouvert de jour comme de nuit, celle dont il ne savait pas encore qu'elle se prénommait Jun planait toujours dans les recoins de son esprit. Mais c'était une pensée légère. Une petite rêverie vaguement érotique, sans conséquence, qu'il laissa voleter au milieu des pins taillés et des statues de pierre. Au matin elle lui serait sortie de l'esprit. En tout cas c'est ce qu'il voulut croire. Pas un instant il ne songea à retourner à Sagano. Ni même à tenter de la croiser de nouveau. Il passa à autre chose.

*

Le lendemain, il reprit son séjour là où il l'avait laissé. Il faisait beau. La lumière était dorée. Ça lui sembla idéal pour s'aventurer vers le nord. Idéal pour les temples, les jardins et les ruelles qu'il visait. La terrasse de bois donnant sur le large bosquet d'azalées. La fontaine dont le jet d'eau était guidé par une feuille de camélia. Le pin majestueux au milieu du jardin sec dont le soleil faisait rougeoyer le tronc. Les grands camphriers plantés dans la mousse le long du mur blanc couronné de tuiles anthracite. Le petit pont rouge enjambant le canal. Le sentier longeant ce jardin privé que Claire aimait tant, puis s'enfonçant parmi les hauts cèdres. La pagode et les motifs tracés dans le sable ratissé.

Il dériva ainsi une bonne partie de la journée, visita un sanctuaire et médita face à un jardin de thé, se nourrit d'udon à l'anguille dans un petit restaurant au bord d'un étang ombragé, et sur le chemin du retour se fit surprendre par une biche. Elle avait fait irruption entre deux maisons en lisière des bois et le fixa longuement de ses grands yeux ourlés alors qu'il se dirigeait vers la gare de Shugakuin. On aurait dit qu'elle cherchait à lui faire comprendre quelque chose.

Il décida finalement de rentrer à pied en suivant la voie ferrée. Les trains de la Eizan Line le frôlaient et rasaient les maisons. Les barrières des passages à niveau s'abaissaient et se relevaient tous les vingt mètres. Il aimait bien le bruit émis par le signal sonore. C'était comme une petite musique qui rythmait ses pas. Le soir tombait quand il arriva sur les berges de la Kamo. La rivière fendait la ville en deux. On pouvait la traverser en sautant de pierre en pierre. Certaines avaient une forme de tortue, d'autres d'oiseaux. Quelques années plus tard, passer ainsi d'une rive à l'autre compterait parmi les activités favorites de Léo quand ils viendraient à Kyoto en famille. Mais ils n'en étaient pas là, Jun et lui. Ils n'en étaient nulle part. Nathan ne pensait même pas à elle, en tout cas pas consciemment, tandis qu'il longeait les berges où circulaient des cyclistes et des joggers. Sur les pelouses, des enfants jouaient au foot ou au base-ball. Des adolescentes dansaient en groupe, peaufinant leur chorégraphie. Des vieux faisaient du tai-chi. Des groupes d'amis pique-niquaient, assis sur de grandes nappes en plastique bleu. Des musiciens s'exerçaient au trombone, à la trompette ou au saxophone. Ils ne devaient plus avoir le droit de pratiquer chez eux. Des voisins avaient dû se plaindre. Ou bien ils trouvaient un plaisir particulier à jouer ainsi en plein air, assis sous un cerisier.

Après un dernier coup d'œil à l'eau filant vers les montagnes qui se découpaient sur un ciel très pur, d'une clarté insensée malgré le soleil couché, et lardé de nuages orange et roses, Nathan quitta le fleuve pour s'enfoncer dans la ville. L'immense kanji de l'est gravé dans les collines lui tenait lieu de boussole. En pénétrant dans ce labyrinthe de rues étroites bordées de maisons basses, devant lesquelles s'organisaient des jardinets en pot et se garaient des bicyclettes, il finirait bien par échouer au pied de la colline Yoshida. Il n'aurait plus alors qu'à la grimper puis à la redescendre pour regagner la maison. À moins qu'il ne poursuive jusqu'au boulevard où se tenait le Fresco. Il n'avait plus rien chez lui. En pensant au dîner il s'aperçut qu'il n'avait pas envie de rentrer et de manger seul. Il avait beau en avoir pris l'habitude, Claire avait beau ne pas lui avoir manqué depuis qu'il était ici, la perspective de la maison silencieuse le déprima soudain. Il chassa cette pensée de son esprit. Elle lui serrait juste encore un peu la poitrine quand il déboucha sur la large avenue qui, de part et d'autre, hébergeait les différentes unités de l'université. Il avait visé juste. Avait pris des rues au hasard et abouti à l'endroit prévu. La colline Yoshida s'élevait au bout de cette avenue.

Il longea l'Institut franco-japonais du Kansai. Il connaissait bien les lieux. Quelques années plus tôt, il y avait animé quelques soirées consacrées au cinéma français. Avec Claire ils avaient rencontré le directeur un soir dans un restaurant du centre-ville. Au milieu du vacarme des dîneurs l'homme les avait alpagués. La tête de Nathan lui disait quelque chose. Et la raison en était au fond très simple : il lui arrivait régulièrement, lors de ses retours en France, de séjourner sur la Côte d'Émeraude. Et, à l'occasion, de fréquenter le cinéma que dirigeait Nathan. À la fin d'un repas copieusement arrosé de bière et de saké, durant lequel tous trois avaient passé en revue la quasi-totalité des réalisateurs français en activité, ils avaient topé là. À sa prochaine venue, le directeur lui laisserait carte blanche pour une programmation au sein du ciné-club de l'Institut. Dix-huit mois plus tard Nathan présentait une poignée de films devant un public d'étudiants et de retraités japonais, auxquels se mêlait la fine fleur des expats. Et c'est à ça, et seulement à ça, que Nathan pensait lorsque Jun surgit.

Elle sortait d'un cours de français. C'était son jour de congé à l'atelier de Sagano. Les cheveux libres, débarrassée de sa blouse de travail, en jean et tee-shirt marinière, elle n'était déjà plus la même.

— Vous êtes venu me chercher à la sortie de l'école ? lui lança-t-elle avec un petit sourire amusé, presque moqueur.

Il balbutia. Ne voulait pas qu'elle se fasse des idées. C'était un pur hasard. Une heureuse coïncidence. Elle le regarda dans les yeux, l'air narquois, et commença à chantonner.

— Il n'est pas de hasard. Il est des rendez-vous. Pas de coïncidence.

Sur le coup Nathan ne fut pas sûr. Mais elle lui donna un petit coup de coude puis éclata de rire.

— Étienne Daho ? tenta-t-il.

— Bien sûr. J'adore cette chanson. J'ai faim. Vous m'emmenez dîner quelque part ?

Un peu surpris, il acquiesça et ils se mirent en route. Elle se moqua de toutes les adresses qu'il lui suggérait. Tout comme elle rit de la façon dont il occupait ses journées. À ses yeux Nathan était le prototype du parfait touriste. Elle trouvait amusant et un peu pathétique qu'après tant de séjours à Kyoto il en soit encore là et connaisse si mal la ville telle qu'elle la vivait.

— Mais je suppose que pour un Français, tout ça, ça a un charme, disons… exotique… Le jour où j'irai à Paris, tu pourras te moquer de moi, toi aussi. Les Champs-Élysées, la tour Eiffel, le Sacré-Cœur, la place des Vosges, l'Opéra, la Concorde, Notre-Dame… Tu ne dois pas y aller souvent, j'imagine.

Un peu vexé, Nathan la laissa prendre les choses en main et ils se dirigèrent vers le pont de Sanjo et la rue du même nom. Elle le guida jusqu'à un restaurant en sous-sol, où la musique jouait fort et où l'on commandait au comptoir. Les murs décatis, la mosaïque serpentant sur le béton du sol, les tuyauteries et les fils électriques apparents, la faune qui le fréquentait, looks savamment négligés et coupes de cheveux sophistiquées, tout signalait l'endroit branché, un peu rock, vaguement underground. On y servait principalement une cuisine internationale. Pizzas, burgers, toasts et spaghettis. À part un curry japonais, aucun plat local n'était proposé sur l'ardoise. Jun se moqua de nouveau de lui quand il lui avoua que ce serait son premier repas non strictement japonais depuis son arrivée ici et que même en France, il mangeait nippon aussi souvent que possible. Elle, bien sûr, ne rêvait que de cuisine française. Elle aimait surtout nos boulangeries. Elle n'était d'ailleurs pas la seule. Partout dans la ville, au fil des années, les boulangeries-pâtisseries françaises avaient fleuri, et dans les librairies une bonne moitié du rayon cuisine était désormais consacré à l'art de faire le pain comme à Paris.

Durant tout le repas, qu'ils arrosèrent de bières à la chaîne, ils évoquèrent leurs inclinations croisées. Les cinéastes japonais qu'il tenait pour des dieux vivants. Les réalisateurs français qu'elle vénérait. Les écrivains nippons qu'il adulait et les grands auteurs français qu'elle essayait tant que possible de lire dans le texte. Puis la conversation prit un tour plus intime. Non elle n'était pas mariée, n'avait pas d'enfants. Nathan était séparé et n'avait jamais réussi en avoir. Claire avait un fils à présent, et bizarrement il lui semblait que quelque chose le liait à lui. C'était absurde, mais il ne pouvait s'empêcher de ressentir un truc étrange quand par hasard il les croisait tous les deux sur la plage ou dans les rues du centre-ville.

Ils durent en rester là. Le restaurant venait de se transformer en salle de concert. Un groupe d'indie rock avait pris possession d'une scène étroite au fond de la salle. On ne s'entendait plus. Il n'y avait plus qu'à s'abandonner à la musique. Jun, assez saoule, dansait sur sa chaise, applaudissait, criait. Elle était radieuse, déchaînée, adorable. Douloureusement attirante. Autour d'eux, tout le monde était ivre. Et Nathan pas moins que les autres. C'était joyeux, électrique, exubérant. Il la dévorait des yeux. Chacun de leurs contacts physiques fortuits, leurs bras qui se frôlaient, leurs jambes qui se touchaient, l'électrisait.

Le concert terminé ils sortirent prendre l'air. Les enseignes lumineuses éclairaient les rues. Des nuées de jeunes gens éméchés passaient devant eux, joyeux, expansifs. Sur les berges du fleuve des groupes de rock massacraient des standards. De jeunes types aux cheveux teints crachaient du feu. Des foules de buveurs les applaudissaient, bière à la main. Nathan regarda Jun s'allumer une cigarette. Elle était si différente de celle qu'il avait rencontrée la veille, les cheveux enserrés dans un foulard, avec ses gestes appliqués et sa retenue, ses petites courbettes au moment de lui dire au revoir, ses sourires un peu gênés, sa politesse précautionneuse. Il avait tellement envie d'elle. Elle s'aperçut qu'il la fixait. Planta ses yeux dans les siens, un sourire énigmatique aux lèvres.

— J'ai encore soif. Pas toi ?

Il hocha la tête et elle l'entraîna le long d'un canal bordé de cerisiers. Ils passèrent une partie de la nuit à écumer les bars de Kiyamachi. Certains en sous-sol, d'autres perchés aux plus hauts étages d'immeubles mitoyens, aux architectures hétéroclites. Au rez-de-chaussée se succédaient des restaurants de grillades, de ramen, d'okonomiyaki et des échoppes proposant des boulettes de poulpe dont l'odeur envahissait les bars minuscules, se résumant pour la plupart à un comptoir et sept ou huit tabourets surélevés. Il était trois heures du matin quand ils se séparèrent, chacun s'apprêtant à monter à bord d'un taxi, elle pour regagner les collines d'Arashiyama à l'ouest et lui celles d'Higashiyama à l'est.

C'est elle qui l'embrassa.

Et la douceur de sa bouche et la fraîcheur de sa langue le flinguèrent.

Ce n'est qu'une fois dans la voiture noire, dont la carrosserie briquée à mort brillait dans la nuit, enfoncé dans la banquette arrière recouverte d'un tissu blanc bordé de dentelle, observant les gestes du chauffeur ganté de blanc, qu'il réalisa qu'ils ne s'étaient rien échangé, ni adresse ni numéro de téléphone, ni promesse de se revoir.

Les désemparés

Nathan entendit du chahut provenant du rez-de-chaussée. La projection devait être terminée. Il descendit saluer les enseignants et les remercier de leur venue. Ils avaient l'air ravis même s'ils craignaient que leurs élèves ne se soient un peu emmerdés. *La Douleur*, Duras, Mélanie Thierry, la rigueur de Finkiel, la beauté austère de ses cadres et de ses plans, tout ça semblait leur être passé au-dessus de la tête. Nathan les rassura. Il y en aurait bien quelques-uns qui en tireraient quelque chose. Le film était vraiment au-dessus du lot. Vraiment remarquable. C'était rare avec les machins en costume. Les adaptations qui plus est.

Il entra dans la salle pour voir dans quel état l'avaient laissée ces sauvages. C'était le truc habituel. Des mouchoirs, des papiers de bonbons, des chewing-gums mâchés collés aux sièges. Les sagouins. Dans son dos il entendit Sylvain râler. Nathan était désolé pour lui.

Étudiant en cinéma, le jeune homme n'avait sûrement pas imaginé qu'une partie de son boulot de stagiaire consisterait à nettoyer la salle entre deux séances. Mais ce n'était pas toujours lui qui s'y collait. Nathan avait organisé un roulement avec Iris et Bertrand. Et puis il faisait de son mieux pour l'impliquer dans d'autres tâches plus exaltantes. Lui confiait des films à visionner et le soin de l'alerter quand l'un d'eux valait la peine qu'il s'y intéresse – ce qui s'avérait plutôt rare vu qu'il lui donnait précisément ceux qui l'inspiraient le moins et que son instinct le trompait rarement. L'emmenait avec lui aux conventions de distributeurs les plus prometteuses. Et lui demandait de l'épauler quand il s'agissait d'organiser la venue des équipes dont les films étaient présentés en avant-première. En général, la projection était agrémentée d'un court débat avec le réalisateur et un des interprètes principaux. Nathan laissait parfois Sylvain l'animer et le conviait systématiquement au repas en petit comité qui suivait ou précédait. Ce serait d'ailleurs le cas le soir même. Ils recevaient Marc Delorme à l'occasion de son huitième opus. Pour la première fois le fameux réalisateur s'essayait au film noir, après s'être frotté successivement au drame social, au drame bourgeois, au drame breton, au récit historique, à la comédie romantique, à la comédie hospitalière, à la comédie scolaire, à la comédie musicale, au huis clos et au road trip. Mais bien sûr tout ça à sa manière. Enfin c'est ce que disait la presse qui l'avait toujours eu à la bonne sans que personne sache trop pourquoi. En tout cas Nathan l'ignorait. Personnellement, il n'avait jamais pu le situer. Et ça ne s'améliorait pas. À force de changer de style et d'univers en permanence, Delorme avait fini par le perdre tout à fait. Nathan savait moins que jamais ce qui définissait, justement, ce fameux regard, cette fameuse *manière*. Mais ça faisait des années qu'ici on le réclamait. Alors quand le distributeur lui avait proposé de le faire venir il avait sauté sur l'occasion. D'autant qu'on lui avait promis la présence conjointe d'Audrey Gardel, la jeune actrice qui montait si l'on en croyait ce qui se murmurait dans le milieu. Quand Nathan avait prononcé son nom et lui avait annoncé sa venue, Sylvain avait blêmi. À moins qu'il ne soit devenu tout rouge. En tout cas il avait semblé très troublé. Il faut dire que dans le genre gracile et éthéré, la demoiselle avait son charme. Au moins, il aurait une petite compensation, pensa Nathan en regardant Sylvain s'activer entre les fauteuils.

Il quitta la salle 1 et jeta un œil à la 2. La séance venait de commencer. Il n'y avait pas grand monde mais ce n'était pas si mal pour un film chinois en VO, même signé Jia Zhang-ke, programmé en début d'après-midi un jour de semaine. En salle 3 la projection ne débuterait que dans une trentaine de minutes.

On y jouait le dernier Kore-eda. C'était somptueux comme toujours. À la fois vif et délicat, drôle et mélancolique. Mais il allait devoir se retenir de le regarder de nouveau. Comme aurait dit Truffaut si on lui avait demandé son avis, le visionner serait à la fois une joie et une souffrance. Le film regorgeait de lieux et d'ambiances familières. Et c'était sans doute une projection de son esprit, mais l'actrice qui incarnait la mère ressemblait comme deux gouttes d'eau à Jun. Quant au fils dans le film, ses expressions, ses gestes et ses intonations le ramenaient immanquablement à Léo. Sans parler de son petit visage pointu et rieur, de ses grands yeux sombres en amande et de ses cheveux raides et noir de jais. Le gamin avait tout pris de sa mère. Et personne n'arrivait à vraiment concevoir que Nathan puisse être son père biologique. Le plus souvent on lui demandait s'il l'avait adopté. Il tâchait de ne pas se vexer. Pour tout dire, lui-même était parfois effleuré par le doute.

Ça faisait maintenant deux mois qu'il n'avait pas vu son fils. Qu'il ne l'avait pas tenu dans ses bras. Qu'il n'avait pas entendu le son de sa voix ni embrassé ses cheveux. Jamais ils n'avaient été séparés si longtemps avant ça. Nathan avait déjà du mal à encaisser ces une semaine sur deux sans lui, depuis le divorce. Pourtant ils se croisaient en ville. Pas tous les jours mais presque. C'étaient des instants volés dont il savait le prix. Il n'en ratait jamais une miette, même si toujours Jun s'impatientait : Tu nous retardes, se lamentait-elle. Où qu'ils aillent il les retardait. Il ne savait pas très bien ce qui pouvait justifier qu'ils soient si pressés. Mais visiblement il constituait un obstacle sur leur chemin. Un grain de sable dans la mécanique bien huilée de leur emploi du temps. J'aurais dû me méfier, se disait-il à présent. Et il aurait tout donné pour revenir en arrière. Se contenter du sinistre une semaine sur deux, même si comme tous les enfants de cinq ans Léo avait du mal avec les transitions. Même si Nathan devait supporter tous les sept jours que son fils pleure toutes les larmes de son corps quand il venait le chercher chez Jun. Il lui fallait alors négocier longuement pour le convaincre de le suivre, user de promesses qui frôlaient la corruption, alors que de la manière la plus injuste qui soit, et même si la semaine s'était passée à merveille (Nathan avait beau être très pris par son travail et s'en remettre plus qu'il ne l'aurait voulu à la baby-sitter, il tentait de consacrer du temps à son fils quand il l'avait avec lui. Ce n'était sans doute pas assez mais il déployait tout l'arsenal : jeux de ballon, cerf-volant et châteaux de sable sur la plage, saucisse-frites, glaces et bonbons au snack, *Kiki la petite sorcière* et *Ponyo* serrés sur le canapé du salon, parties de Playmobil interminables et bastons à coups d'oreiller et de chatouilles sur le lit...), le petit sautait dans les bras de sa mère et la couvrait de baisers quand il le ramenait chez elle. Oui il aurait tout donné pour renouer avec tout ça. Ou même pour passer une heure avec lui de loin en loin. Ou simplement l'apercevoir. Ou au moins avoir de ses nouvelles.

En retard, Nathan n'allait pas manquer de l'être s'il continuait à rêvasser comme ça. À se perdre dans ses souvenirs. Marc Delorme et Audrey Gardel arrivaient dans moins d'une heure à la gare TGV. Il était prévu qu'il les y cueille avant de les déposer à leur hôtel. À moins qu'ils ne préfèrent se faire balader un peu sur la côte. C'était le cas parfois et Nathan s'exécutait volontiers. Jouer le guide touristique ne lui avait jamais pesé. Il avait tant aimé le faire avec Jun.

Le lendemain de leur deuxième rencontre il était bien sûr retourné à l'atelier de Sagano, et elle l'avait accueilli d'un baiser profond qui avait fait frémir les clients. Après ça ils ne s'étaient plus quittés mais il n'avait pas la moindre idée de la façon dont elle voyait les choses. Qu'était-il pour elle ? Une passade ? Une aventure ? Une parenthèse ? Le dernier jour à Kyoto, il s'était lancé. Il avait pris le risque d'évoquer sa venue en France. Parlé de lui faire visiter Paris puis le coin où il vivait. Elle n'avait pas dit non. Mais pas oui non plus. S'était contentée de le regarder de son air amusé, toujours un peu mutin, avant de lui planter sa langue dans la bouche en guise d'adieu. C'était une torture. Sentir son corps collé au sien. Effleurer son cul. Le renflement de ses seins. La douceur de sa bouche. Peut-être pour la dernière fois. Il bandait comme un âne.

— Allez... Tu vas rater ton avion.

Nathan s'était dirigé vers les contrôles de sécurité tandis qu'elle lui faisait des petits gestes de la main. Il avait cru à des adieux.

Trois mois plus tard, pourtant, il l'attendait à l'aéroport de Roissy. Après quelques jours à Paris, durant lesquels il leur avait été difficile de s'arracher à la chambre d'hôtel et au lit, ils avaient débarqué en Bretagne. Le temps s'était fixé au bleu. Ils avaient sillonné la côte en amoureux. De la baie du Mont-Saint-Michel au cap Fréhel, des Sables-d'Or à la Côte de Granit rose, ils avaient suivi chaque sentier, somnolé sur chaque plage, s'étaient goinfrés de lumière et d'émeraude, d'ajoncs de genêts et de bruyères, et l'un de l'autre. Chaque soir ils rentraient chez lui, et bien sûr c'était étrange de la voir évoluer dans ces pièces qui gardaient partout l'empreinte de Claire, de baiser dans le même lit. Jun disait C'est drôle, je n'ai pas l'impression qu'on est vraiment chez toi. Je sens quelqu'un d'autre. Une présence. Mais ce n'est pas Claire. C'est autre chose. Comme un fantôme. La maison lui semblait hantée. Quelqu'un avait vécu ici il y a longtemps et tout en gardait la trace.

C'était dans l'air, sa texture même. Ça suintait des murs.

Environ un an plus tard, après de nombreux chassés-croisés entre la France et Kyoto, et là-bas ce n'était plus dans la maison orange accolée au temple qu'il avait si souvent louée mais bien chez elle désormais que Nathan logeait, non loin de chez ses parents, dans une rue calme d'Arashiyama que longeait un étroit canal colonisé par une végétation anarchique, Jun quittait définitivement son pays pour venir vivre avec lui. Et ils avaient emménagé dans cet appartement avec terrasse surplombant la plage peu de temps après. À l'occasion d'une de ses venues, alors qu'ils se promenaient dans les rues commerçantes de la station, Jun était tombée en arrêt devant un local à louer. C'est comme ça qu'elle lui avait annoncé qu'elle comptait s'installer pour de bon avec lui. En lui désignant la boutique désaffectée.

— Ce serait bien, ici, non ?

— Bien, quoi ?

— Mon atelier. Ma boutique à moi.

— T'es sérieuse ?

— Peut-être. Je sais pas.

Puis elle s'était remise en route et ils avaient poursuivi leur balade. Le lendemain, pendant que Nathan était occupé au cinéma, Jun avait, sans rien lui dire, pris rendez-vous avec l'agence immobilière et visité les locaux. Elle en avait profité pour leur demander ce qu'ils avaient en stock dans le coin, en matière de maisons ou d'appartements. Et il y en avait un justement. Une affaire. Les propriétaires étaient pressés de vendre et le marché était atone, on pouvait faire baisser le prix. Ce n'était pas très grand mais doté d'une belle terrasse et d'une vue imprenable sur la baie. Et puis le crépi des murs extérieurs était incrusté de pierres et de coquillages.

*

En définitive Marc Delorme et Audrey Gardel n'eurent pas besoin qu'on les promène. Ils étaient surtout pressés d'être à l'hôtel, et à leurs regards, aux gestes qu'ils avaient l'un pour l'autre, Nathan comprit qu'il avait réservé une chambre de trop. Bien sûr, pas plus que quiconque il n'ignorait qu'ils étaient l'un et l'autre mariés. Les couples qu'ils formaient avec leurs conjoints respectifs, une actrice multicésarisée pour lui, un tennisman français, donc multiéliminé en première semaine de grand chelem pour elle, s'affichaient régulièrement dans les pages des magazines, à grand renfort de discours compassés sur la fidélité et la prééminence des valeurs familiales. Mais ce n'étaient pas ses oignons. Les liaisons de tournage étaient monnaie courante dans le milieu. Et les tournées promotionnelles permettaient souvent de les ranimer ou de les prolonger encore un peu. Tout cela faisait partie des usages. Pas de quoi s'offusquer. Même s'il était toujours un peu triste de vérifier combien perdurait le cliché. Le réalisateur chevronné, prestigieux, auréolé de prix, mettant la jeune actrice dans son lit. Rarement l'inverse, notons-le. Nathan les accompagna à la réception alors que déjà leurs mains se mêlaient en douce. De tout le trajet en voiture ils lui avaient à peine adressé la parole, menant leur propre conversation comme s'il n'était pas là, ou qu'il était leur chauffeur particulier. Leur domestique. Dans le rétroviseur il avait vu la main du cinéaste se glisser sous la jupe de l'actrice. À un moment il avait même cru que Delorme n'allait pas pouvoir se retenir. Et qu'il allait baiser la jeune Audrey Gardel sur la banquette arrière. Ça l'avait un peu excité, il devait bien l'avouer. Mais ils s'en étaient tenus aux prémices.

Dans le hall de l'hôtel, avant qu'ils ne montent dans leurs chambres, il leur déroula le programme. Du grand classique : interviews et séances photo avec la presse locale dans les salons du Royal Émeraude en fin d'après-midi. Pot avec l'équipe du cinéma et quelques invités, des notables du coin pour la plupart, acteurs culturels ou politiques de la région. Brève présentation du film en ouverture de la projection, durant laquelle ils iraient dîner en petit comité – Nathan ne tenait pas à se farcir le film une seconde fois. Retour dans la salle pour une discussion avec le public.

S'ensuivrait l'inévitable séance de selfies et d'autographes. Après quoi ils pourraient au choix prendre un verre ensemble, ou un repos bien mérité dans leurs lits respectifs. Ça leur laissait trois bonnes heures pour baiser sur tous les fauteuils, canapés et couchages inclus dans leur grande suite vue sur mer, et réviser une bonne partie du *Kama-sutra*. Nathan vérifia qu'on leur donnait bien leurs clés et retourna au cinéma.

Au rez-de-chaussée on passait un Ken Loach, le nouveau James Gray et un truc avec Luchini parce qu'il fallait bien contenter les retraités. Hors saison, et qui plus est en journée et en semaine, ils constituaient le gros du public. Ça aurait été idiot de se les mettre à dos. Le téléphone fixe se mit à sonner. Nathan décrocha. C'était sa mère. Comme à peu près une fois par semaine elle venait aux nouvelles. En avait-il de Jun ? De Léo ? D'Akira Muro ? Tiens, elle avait vu les frères d'Alizée Tellier à la télévision hier. Elle n'osait pas imaginer dans quel état elle serait à leur place. Ça devait être terrifiant de rester comme ça sans que rien avance. De tout imaginer. De voir les jours passer et avec eux se confirmer les pires hypothèses. De se heurter ainsi aux autorités d'un pays étranger sans rien pouvoir faire. D'ailleurs si on y réfléchissait, ils étaient dans une situation comparable, eux et lui. Avait-il pensé lui aussi à interpeller le président Macron ? En dépit de sa fameuse foi en un ruissellement imaginaire et de sa passion pour les premiers de cordée, elle persistait à bien l'aimer, cet homme.

— Que veux-tu, je le trouve intelligent. Et ça m'inspire confiance.

Nathan laissa dire sa mère. C'était de son âge après tout. Les vieux aimaient Macron. Ça devait être le côté gendre idéal. Qu'est-ce qu'on y pouvait ?

Elle revint d'elle-même au sujet de son appel et il entendit sa voix se brouiller au moment d'évoquer Léo. Elle était au bord des larmes maintenant. Elle rageait. Enrageait. Quand reverrait-elle son petit-fils adoré ? Le reverrait-elle même un jour ? Il fallait que Nathan se bouge, hein. Qu'il se batte. Elle craignait qu'il n'ait baissé les bras.

— Tu n'as jamais été du genre très combatif, se crut-elle obligée de préciser.

Il encaissa. Il ignorait sur quoi sa mère se fondait pour lui sortir un truc pareil. Mais elle était sa mère après tout. Elle était censée le connaître comme si elle l'avait fait... Il se défendit comme il put. Lui rappela qu'après avoir remué ciel et terre pour trouver une piste ici, il n'avait pas attendu pour se précipiter au Japon. Que s'il n'avait pas découvert où ils vivaient là-bas, il avait au moins acquis la conviction qu'ils y étaient. Et que depuis son retour il était loin d'avoir désarmé. Il avait consulté des avocats, harcelé le Quai d'Orsay, pris contact avec des associations, discuté avec des types dans la même situation que lui, effectué déjà plusieurs virements en faveur de Muro.

— Le détective va finir par les retrouver, j'en suis certain. Ce n'est plus qu'une question de jours, maman. Il faut être patient. Ne pas s'affoler.

Lui-même n'en croyait pas un mot. Lui-même était en permanence rongé par la panique et l'angoisse, lui-même craignait de ne plus jamais les revoir mais à l'autre bout du fil, sa mère sembla se calmer peu à peu. Bien sûr elle savait que Nathan se bougeait, qu'il faisait tout son possible. Bien sûr elle savait qu'il avait contacté le ministère des Affaires étrangères, harcelait l'ambassade de France au Japon. Bien sûr il s'était ruiné en consultations d'avocats qui n'avaient mené à rien. En honoraires pour Akira Muro sans pour autant être certain que ça aboutisse à quoi que ce soit. Bien sûr elle savait qu'à la moindre information nouvelle il n'hésiterait pas une seconde à retourner au Japon. Quoi qu'il lui en coûte. Quels qu'en soient les risques.

— Mais quand même, reprit-elle. Qu'est-ce qui t'a pris de ramener cette Japonaise, aussi. Il n'y avait pas assez de femmes en France ?

Nathan préféra ne rien répondre et fit comme s'il n'avait rien entendu. Ce révisionnisme familial le fichait hors de lui. Avant tout ça jamais sa mère n'avait eu de mots assez tendres pour parler de Jun. Son énergie par-ci. Son humour par-là. Sa délicatesse. Sa vivacité d'esprit. Ses talents de céramiste. Et tous ceux qu'elle ne réservait qu'à ses proches : elle dessinait si magnifiquement et composait chaque jour de si charmants petits strips de bande dessinée dans lesquels elle se mettait en scène avec Nathan et Léo, chantait d'une si belle voix feutrée et avec un accent si charmant les grands classiques de la chanson française et les titres plus récents qu'elle aimait. Et évidemment sa cuisine était à tomber. C'était une mère si merveilleuse. Patiente, drôle, fantaisiste. Et une belle-fille si attentionnée.

— Et puis elle est quand même sacrément jolie, ce qui ne gâche rien, complétait son père d'une voix gourmande.

À l'époque, personne ne s'était jamais plaint qu'il ait « ramené cette Japonaise », comme disait aujourd'hui sa mère. La seule question qui se posait vraiment, c'était plutôt : comment avait-il pu la perdre ? Comment avait-il bien pu l'épuiser ou la décevoir au point qu'elle rompe avec lui, loue son propre appartement et finisse par mettre les voiles sans le prévenir, finisse par se terrer quelque part à l'autre bout du monde avec leur fils, finisse par tout faire pour demeurer introuvable ?

Mieux valait ne pas y penser. Mieux valait passer à autre chose. À sa mère en l'occurrence, qui bouillait de nouveau au bout du fil.

— Et toi ? Comment ça va ? lui demanda-t-il.

— Oh, eh bien imagine-toi que j'ai failli me retrouver en garde à vue, moi aussi.

Elle exagérait un peu mais elle avait bien eu affaire aux flics le matin même. La ville avait ordonné l'abattage des quatre rangées de tilleuls qui bordaient l'avenue où se dressait la maison des Forsberg, en région parisienne. Réservée aux riverains, cette large artère, que chacun surnommait l'allée des tilleuls, était divisée en deux contre-allées encadrant un terre-plein gazonné que les enfants, de toute éternité, colonisaient au moindre rayon de soleil pour se livrer à des parties de football, de badminton ou de frisbee, ou simplement glander assis dans l'herbe, jouer aux cartes, papoter, chahuter. Six mois plus tôt, le maire avait ordonné une expertise après qu'une branche était tombée sur une voiture garée. Les spécialistes dépêchés sur les lieux avaient découvert que certains arbres étaient malades. Et l'édile en avait conclu qu'il valait mieux tous les abattre, sans distinction. Et en une seule fois tant qu'à faire. Quatre rangées d'arbres, sur lesquelles donnaient les jardins, les fenêtres des salons et des chambres. Quatre rangées, des dizaines de tilleuls en majesté, formant une voûte quand leurs branches se rejoignaient d'un bord à l'autre des allées en été. Des tunnels de verdure.

Évidemment une partie des riverains s'était mobilisée pour empêcher ça. Au minimum convaincre le maire de se cantonner aux arbres malades. Au pire étaler l'abattage sur plusieurs années, une décennie par exemple, tous les ans on abattrait et remplacerait un arbre sur dix, la rue serait défigurée, l'harmonie rompue, on se retrouverait à la fin de la décennie avec des enfilades d'arbres encore jeunes et chétifs, on serait loin du rendu initial mais cela semblait la moins mauvaise des solutions si vraiment il fallait en passer par là. Mais à la grande surprise de la mère de Nathan, seuls les habitants historiques de l'avenue avaient répondu présents, harcelé le maire, embauché un avocat, multiplié les procédures pour invalider ou au moins retarder l'opération. Les nouveaux venus avaient l'air de s'en moquer. Après tout si le maire envisageait d'abattre tous ces arbres, ce n'était sûrement pas pour rien. Si les tilleuls étaient malades et la sécurité menacée, il fallait bien faire quelque chose. Et peu importait que la petite tribu d'opposants menée par la mère de Nathan ait découvert que tout cela n'était qu'un préalable à un réaménagement complet de l'avenue, laquelle serait dorénavant ouverte à la circulation. Certes les voitures y rouleraient à la vitesse maximale de trente à l'heure mais tout de même, on voyait où le maire voulait en venir : il s'agissait d'ouvrir un nouvel axe de circulation pour en soulager d'autres, engorgés aux heures de pointe.

Le début de l'abattage devant commencer le matin même, la mère de Nathan et les autres opposants s'étaient postés devant les arbres marqués d'une croix rouge. Il faudrait leur passer sur le corps si l'on s'imaginait les massacrer à la tronçonneuse. Les flics avaient rappliqué au bout d'une heure. Et menacé d'emmener tout ce joli monde au poste s'ils ne laissaient pas les ouvriers faire leur travail. Le ton était un peu monté. On en était venu aux insultes. Et sa mère n'avait échappé que de peu aux coups de matraque et au voyage en estafette jusqu'au commissariat municipal. Elle était rentrée chez elle, résignée, et par la fenêtre de sa chambre avait assisté au désastre.

Nathan avait du mal à se le figurer. La rue de son enfance et de son adolescence ravagée. Rasée. Jonchée d'engins de chantier. Bientôt transformée en artère passante encombrée d'automobiles. Que verrait-on désormais depuis les fenêtres ? Son bureau donnait sur le jardin et la rue à l'époque où il vivait là-bas. Il faisait ses devoirs, les yeux perdus dans les feuillages. Écoutait les matchs à la radio ou la musique sur sa chaîne hi-fi en regardant le soleil se déposer sur les branches perlées d'un vert très tendre. S'exerçait au skateboard dans leur ombre bienvenue en été, aimait frotter les feuilles entre ses doigts, leur texture duveteuse au printemps, poisseuse fin août, craquante en automne.

En raccrochant, il eut la sensation qu'en commençant à raser ces dizaines d'arbres, cet enfoiré de maire, le mal nommé Jean-François Labranche, venait aussi de ratiboiser ses souvenirs. Depuis son départ, la maison et la rue n'avaient pratiquement pas changé. Jusqu'ici elles étaient restées figées dans le passé et c'était très bien ainsi. Maintenant tout devait être défiguré. Tout serait méconnaissable la prochaine fois qu'il y ferait halte. Plus rien ne serait sûr. Plus rien ne serait digne de foi. Sa mémoire était déjà assez peu fiable comme ça. Elle était déjà bien assez mitée. Chaque fois qu'il rentrait chez ses parents, Nathan guettait ce qui remontait à la surface. Faisait le compte de ce qui s'enfuyait. Dressait l'inventaire. L'odeur de la maison, celle de la rue et du jardin, la configuration inchangée des pièces, l'agencement des meubles. Chaque fois que ses parents procédaient à un réaménagement mineur, une réfection, un remplacement, il lui semblait que quelque chose s'envolait pour toujours, devenait définitivement inaccessible, perdu, oublié. Il n'avait pas besoin de ça. Il avait déjà égaré suffisamment de choses dans sa vie.

SANS LAISSER DE TRACES

(deux mois plus tôt)

C'était un jeudi. Nathan avait mal dormi. Il y avait des semaines comme ça, où il n'encaissait pas. Et d'autres où il essayait de se faire une raison, de tenir le cap. Ça faisait quoi ? Cinq, six mois qu'ils étaient divorcés et que Léo vivait en alternance chez l'un ou chez l'autre. Cinq, six mois que Jun avait pris cet appartement au-dessus de la boutique. Nathan n'avait toujours pas compris pourquoi. Elle s'était lassée de lui, voilà tout. L'amour s'en était allé. Le sien en tout cas. Ça s'était défait comme ça, insidieusement, sans crise, sans heurts. Bien sûr, une part de lui ne pouvait s'empêcher de penser qu'il y avait autre chose, un autre homme. Il avait déjà connu ça avec Claire. Mais aucun indice ne lui parvenait en ce sens. Les semaines passaient et tout ça bruissait sous son crâne. Que leur était-il arrivé ? Quand leur histoire avait-elle merdé ? À quel moment ? Une fois de plus il n'avait rien vu venir. À lui, pourtant, il semblait qu'ils étaient heureux. Apparemment, Jun n'était pas du même avis. Je m'étiole avec toi. J'ai perdu mon allant. Ma joie. Voilà ce qu'elle lui avait dit un soir.

— Je crois que je vais prendre un appartement. Il vient de s'en libérer un au-dessus de l'atelier. Je crois que je vais le prendre.

Nathan l'avait regardée, effaré, sous le choc. Il n'avait pas su réagir, n'avait pas essayé de la dissuader. Cela faisait partie des choses qu'elle lui reprochait. Son inaction. Son fatalisme. Sa façon de ne jamais vraiment choisir, de laisser faire. Il s'était laissé embaucher par son oncle. L'avait laissé le placer à la tête du cinéma quand il était tombé malade. L'avait laissé le lui offrir peu avant sa mort. Il avait laissé Claire le choisir puis partir avec un autre homme. Avait laissé Jun l'entraîner au restaurant, puis dans des bars. S'était laissé embrasser.

— Quand même, avait-il répliqué. C'est moi qui suis venu traîner aux abords de l'institut.

— Tu parles… Tu m'as toujours dit que tu t'étais retrouvé là par hasard, que tu revenais d'une promenade, que tu n'y avais même pas pensé.

Il l'avait laissée le rejoindre à Paris, puis en Bretagne. L'avait laissée louer la boutique, s'était laissé convaincre de déménager, de vendre sa maison aux murs épais perdue au milieu des champs et des prés, d'acheter cet appartement en surplomb de la plage avec ses foutus coquillages incrustés dans le crépi et son concierge atrabilaire. Il l'avait laissée désirer un enfant et le lui faire. Et il y avait tant d'autres choses. Son humeur étale et maussade, son caractère renfermé, ses absences, sa mélancolie. Il la contaminait. Elle se perdait de vue. Où étaient passés son énergie, sa joie de vivre, son humour, sa légèreté ? Cette vie avec lui ne lui plaisait plus. Il ne s'occupait de leur fils que quand ça le prenait, n'assumait rien en dehors des jeux, des câlins, des films et des bagarres pour de faux qui excitaient le gamin au moment de s'endormir. Ce n'était jamais lui qui se levait la nuit, emmenait Léo chez le médecin, se farcissait les rendez-vous à l'école, les activités éducatives, les repas, le bain du soir. Et puis il ne la faisait plus rire. Il buvait trop et, ceci expliquant cela à ses yeux, lui faisait moins souvent et moins bien l'amour. Il avait grossi. Vieilli. Il ne l'attirait plus. De toute façon il était tout le temps fourré au cinéma, y passait la plupart de ses soirées, rentrait tard, en semaine comme le week-end. Ils sortaient peu. Et c'était toujours elle qui le traînait chez leurs amis, qui étaient surtout les siens. Nathan était un poids mort. Qu'il lui fallait traîner derrière elle, toujours, tout le temps. Qu'il s'agisse d'aller à un concert, une expo, une pièce, ou de programmer un séjour à l'étranger, un simple dîner. Et puis il ne savait pas s'amuser. Ne savait pas être léger. Traversait les fêtes comme un fantôme, rivé à son verre, seul dans son coin, le cul planté dans un canapé. Il était infoutu de danser. Ou de plaisanter. Infoutu de participer à une conversation légère, sans conséquence. Il était inapte. Elle vivait avec une ombre et ne le supportait plus. Le monde était déjà suffisamment peuplé de spectres.

Ce matin-là il eut besoin de trois cafés d'affilée pour se remettre d'équerre. Il s'habilla et claqua la porte de l'appartement. Celles de l'ascenseur s'ouvrirent sur le visage de Lise. Ses longs cheveux châtains. Ses yeux noisette et sa fossette. Ils ne se connaissaient qu'à peine à l'époque. Se saluèrent et dévalèrent les étages ensemble, chacun perdu dans ses propres pensées. Elle aussi semblait fatiguée, usée et triste. Nathan aurait voulu être capable de lui demander pourquoi. De trouver les mots pour la réconforter. Il repensa à ce que lui avait lancé Jun. Son incapacité à nouer des relations. Son peu d'intérêt pour ses semblables quand ils n'étaient pas joués par des acteurs et projetés sur un écran, ou nés de l'imagination d'un auteur et confinés dans le silence d'un roman. Elle ne pouvait pas avoir raison là-dessus. Elle délirait. Ce n'était pas lui, ce type qu'elle décrivait. Alors, arrivé au rez-de-chaussée, il prit son courage à deux mains et proposa à sa voisine de prendre un verre un de ces quatre. Ce serait l'occasion de mieux faire connaissance. Ça se faisait entre voisins, non ? Depuis le temps qu'ils vivaient l'un au-dessus de l'autre… Sur le coup Lise parut un peu surprise. Il la vit hésiter un instant puis se reprendre : mais oui, pourquoi pas, après tout pourquoi pas. Ils convinrent de se retrouver chez lui le soir même.

Au moment de sortir de l'immeuble ils tombèrent sur Alfonso. Ou plutôt c'est lui qui leur tomba dessus, surgissant de nulle part, et leur fit une peur bleue. Comme d'habitude il pestait, son balai à la main : la veille au soir une belle houle s'était formée sur la mer et ça n'avait pas manqué, les jeunes qui louaient l'appartement 422 étaient rentrés trempés, en combinaison, leur bodyboard sous le bras.

— Et regardez-moi le travail, il y a du sable partout. Partout. Dans le couloir, les deux ascenseurs, au quatrième étage. Même sur les murs. Vous le croyez, ça ? Même sur les murs, bon Dieu…

Ils se retinrent de rire. Et ne s'autorisèrent à craquer qu'une fois dehors, à l'air libre. Longeant la plage et se dirigeant vers le centre-ville ils parvinrent à la même conclusion. La névrose du sable prêtait déjà à sourire en soi, mais quand elle s'attaquait à des gens vivant au bord de la mer elle relevait de la maladie mentale. Combien de fois avaient-ils assisté au combat acharné que livraient certains en quittant la plage. Tentant méticuleusement d'ôter un à un le moindre grain collé à leurs mollets, logé entre les doigts de pied. Ça tournait parfois au drame, surtout au moment de rentrer chez soi ou de monter dans sa bagnole. Les pères étaient les pires. Comme toujours. Comme en toutes choses. Ils engueulaient leurs gosses, leur promettaient de terrifiantes mesures de rétorsion s'ils s'avisaient de déposer une simple poussière de mica sur le tissu des banquettes ou les carrés de moquette, pourtant amovibles, secouables et aspirables, de leurs putains de Ford Focus. Parfois ça finissait par des baffes, des bras pris en étau dans la poigne paternelle, des petits corps en larmes secoués comme des pruniers. De la fureur à l'état pur. Écumant aux lèvres de foutus psychopathes.

Ils marchèrent ensemble jusqu'à la librairie que tenait Lise et se dirent à ce soir. C'était la première fois qu'ils échangeaient autant de mots. Jusque-là ils s'en étaient tenus au minimum. Bonjour vous allez bien en se croisant dans les couloirs de la résidence. Merci à bientôt au moment pour Nathan de régler ses achats. Parfois un signe de tête quand il l'apercevait à son balcon, fumant face à la mer. Rien de plus. Il ne savait rien d'elle à part qu'elle vivait seule. Que ça n'avait pas toujours été le cas. Et que son fils s'était tiré après une engueulade monstre – ça Nathan l'avait appris par Alfonso, qui n'était pas concierge pour rien. Mais c'était tout.

Nathan poursuivit son chemin et comme toujours il se dirigea vers l'atelier-boutique.

Qui espérait-il croiser ? Pas Léo en tout cas. On était en semaine et le petit était à l'école. Jun, alors ? Oui, sans doute. Durant la nuit il s'était convaincu qu'il lui fallait agir, pour une fois. Cela ne pouvait plus durer. Tout cela était absurde. Un gâchis sans nom. Ils s'aimaient encore. C'était évident. Et les choses étaient sans doute réparables. Il pouvait changer si elle le lui demandait. Il pouvait forcer sa nature. Il en était capable. Et puis il y avait Léo. Le gamin n'avait pas à subir ça. Des parents séparés. Et lui-même trimballé de l'un à l'autre. Tout ça pour quoi ? Une mauvaise passe, comme en traversaient tous les couples. Ils devaient bien pouvoir passer outre. Endurer. Réparer. Recoller les morceaux. Rebâtir. Ils le lui devaient.

Découvrant le rideau de fer baissé il consulta sa montre, étonné. L'atelier aurait dû être ouvert. Jun devait être malade. Il jeta un œil à la fenêtre de son appartement. Pas de lumière allumée. Mais ça ne voulait rien dire. Il faisait jour. Le ciel était couvert mais ce n'était qu'un mince voile qui diffusait sur la ville et le bord de mer une lumière pastel, légèrement fanée. Et puis Jun avait repris ses habitudes japonaises. Là-bas, on vivait dans des maisons toujours un peu sombres, des intérieurs entre chien et loup. À Kyoto, et plus encore dans les quartiers d'Arashiyama et de Sagano, la mode occidentale des grandes baies vitrées, des larges fenêtres sans rideaux était encore timide. Une fois rentré chez soi on se coupait du monde. Tout était ajouré, tamisé, opaque. Ça valait pour les habitations comme pour les restaurants et même certaines boutiques. On pouvait évoluer en sous-sol, ou au fin fond d'étages aveugles. Jun se moquait toujours de sa façon de choisir les cafés ou les restos quand ils étaient à Kyoto : Nathan se cantonnait à ceux qui possédaient des vitrines ou des fenêtres ouvrant sur la rue et évitait les autres, invoquant une claustrophobie dont il n'avait jamais souffert par ailleurs. Pour quelqu'un qui passait tant de temps dans la pénombre des salles obscures, c'était plutôt comique. Ou tout du moins, paradoxal.

Il hésita à pousser la porte de l'immeuble et à grimper au premier étage. Se ravisa. Ils étaient séparés. Divorcés qui plus est. Il n'avait aucune raison valable de se pointer à l'improviste. Il lui envoya tout de même un SMS lui demandant si tout allait bien et rebroussa chemin en direction du cinéma.

Ce n'est qu'une fois là-bas, alors qu'il vérifiait que tout était prêt pour les projections à venir (Na Hong-jin, Noémie Lvovsky, Jeff Nichols, Bruno Podalydès), que son téléphone vibra. Mais ce n'était pas Jun. Il ne décrocha pas et attendit un éventuel message. C'était la directrice de l'école. Léo n'était pas venu en classe ce matin, elle avait tenté en vain de joindre la mère, pouvait-il la rappeler pour lui confirmer que l'absence de son fils était normale et lui en donner le motif ?

— J'imagine qu'il est malade, concluait-elle.

Nathan appela Jun aussitôt. Il n'était pas particulièrement inquiet. Tout s'éclairait au contraire. Elle n'avait pas ouvert la boutique parce que le petit était fiévreux. Elle était restée avec lui. Tout était parfaitement logique. Aucune raison de s'en faire. Si ce n'est que Jun ne décrocha pas, ce qui ne lui ressemblait pas. La réticence de Nathan à prendre les appels, sa manie de laisser sonner son téléphone sans réagir faisaient d'ailleurs partie des petites choses qu'elle lui reprochait les derniers temps. Au début ça l'avait amusée, à la fin ça la mettait hors d'elle. À ses yeux c'était une question de politesse. Et elle ne rigolait pas avec ça. D'autant qu'il arrivait rarement à Nathan, à moins d'y être vraiment contraint, de rappeler les correspondants qui avaient cherché à le joindre, même ceux qui lui avaient laissé un message.

— À quoi ça sert de faire l'autruche comme ça ? Qu'est-ce que tu peux être asocial, quand même… Ça ne m'étonne pas que tu sois si seul…

— Comment ça, seul ? s'étonnait-il. Tu es là. Et puis il y a Léo.

— Je veux dire : seul, à part nous.

— Ce n'est pas vrai. Je parle avec des tas de gens. Mais j'aime mieux leur parler en vrai.

Elle haussait les épaules. Nathan savait très bien où elle voulait en venir. Il n'avait pas d'amis à proprement parler. Sa vie sociale se limitait aux échanges courtois qu'il pouvait avoir avec les clients du cinéma, les commerçants du quartier, les artistes qu'il recevait, les voisins de la résidence, Alfonso, mais c'était à peu près tout. Ne restaient que ses parents. Et Guillaume, son frère, que Léo adulait. Mais même lui, Nathan ne le voyait que rarement. En dehors des réunions de famille, de ses propres passages en région parisienne ou des séjours annuels en Bretagne de son cadet, ils n'avaient quasiment aucun contact. Nathan en était le seul coupable. Jamais un appel de sa part. Et Guillaume avait fini par se lasser de son répondeur. C'est Jun qui prenait de ses nouvelles. Elle l'aimait bien, il la faisait rire. Et elle adorait chanter avec lui tandis qu'il l'accompagnait à la guitare. Leurs voix s'accordaient et se mêlaient naturellement, sans effort. Comme s'ils avaient fait de la musique ensemble depuis toujours. Pour Guillaume, ça tenait du miracle. Il parlait de former un duo avec elle et de leur écrire un album. C'était réglé d'avance : ils allaient signer avec un putain de label, se dégotter un tourneur, se produire en concert, tout déchirer. Ça allait cartonner, il en était sûr. Jun pouffait, un peu gênée en l'écoutant rêver à leur avenir.

Quand Nathan avait dû annoncer à son frère qu'avec Jun ils se séparaient, qu'elle l'avait quitté et s'était installée dans son propre appartement, il avait bien senti son désarroi, sa déception. Guillaume semblait moins peiné pour son aîné que pour lui-même. Son grand projet tombait à l'eau.

Nathan attendit en vain que Jun le rappelle. Le petit avait beau être particulièrement dur au mal, il s'en faisait pour lui. Il n'aimait pas le savoir souffrant. Pourtant, même affaibli par la fièvre, Léo ne se départait jamais de sa nature souriante et calme, tendre et rieuse. On aurait même dit que la fièvre l'attisait. Nathan avait passé tant de nuits et de journées à le veiller, à prendre soin de lui dans ce genre de circonstances. Son corps brûlant blotti contre le sien pendant que, pour passer le temps, ils regardaient un film ensemble, signé Miyazaki ou Takahata, et tant pis s'ils l'avaient déjà vu cent fois. Son visage adorable alors qu'il lui lisait des livres, Claude Ponti ou Tomi Ungerer, jusqu'à ce que le gamin s'endorme, épuisé par la toux, respirant par la bouche, grelottant de froid puis crevant de chaud sans transition. Sitôt passés les 39 degrés Léo avait tendance à délirer dans son sommeil. Nathan l'enregistrait. À son réveil il lui faisait écouter les mots qu'il avait prononcés à son insu. Il regardait son fils éclater de rire et son cœur se comprimait sous le poids de l'amour, de l'émerveillement et de la tendresse.

Au milieu de l'après-midi, toujours sans nouvelles, il craqua. Laissa Sylvain, Iris et Bertrand veiller sur les salles à moitié vides et le hall où ne se pressait qu'une maigre affluence. Les prochaines projections (Pedro Almodóvar, Paul Thomas Anderson, Hou Hsiao-hsien) ne débuteraient que dans une heure et de toute façon Nathan n'était pas d'une grande utilité. Qu'il soit dehors ou dans son bureau ne changerait pas grand-chose à la bonne marche de l'établissement. Il lui arrivait de s'absenter des heures entières pour telle ou telle convention, telle ou telle projection, quand ce n'était pas plusieurs jours d'affilée à l'occasion d'un festival, sans parler des vacances. Ils avaient l'habitude de fonctionner sans lui. Savaient parfaitement ce qu'ils avaient à faire.

Il prit le chemin de l'atelier-boutique-appartement de Jun sans même jeter un œil à la mer, au sable humide où se reflétait le ciel, aux îlots dévoilés que contournaient les kayaks et les optimistes – toute cette beauté en pure perte en disait long sur son état d'esprit. Le rideau de fer était toujours descendu. Aucune affichette ne prévenait de la fermeture. Pas son genre, pensa-t-il une fois de plus. Il composa le code et entra dans l'immeuble sans prêter attention à la masse de sacs et de cartons qui s'empilaient dans la cour intérieure. Il grimpa l'escalier, sonna, colla son oreille contre la porte. Pas un bruit ne lui parvint. Il semblait n'y avoir personne. Il s'apprêtait à redescendre, quand il entendit des pas. Un homme vêtu d'un costume bleu marine montait vers lui, suivi d'un jeune couple à qui il expliquait qu'il y aurait peu de travaux à faire.

— Vous verrez, leur assurait-il. Les précédents occupants ont laissé l'appartement dans un état impeccable.

Ils arrivèrent à sa hauteur. Nathan reconnut Benoît Astier, l'agent immobilier à qui ils avaient eu affaire quelques années plus tôt, après que Jun avait pointé du doigt la boutique et lâché l'air de rien que peut-être, pourquoi pas, elle pourrait y installer son atelier. Le Stéphane Plaza local fit tinter le trousseau de clés qu'il tenait dans sa main. Ils se saluèrent d'un mouvement de tête. Nathan le scruta d'un air interrogatif. À sa grande surprise ni Astier ni ses clients ne poursuivaient leur ascension pour gagner les étages supérieurs. Ils étaient tous les quatre sur le palier. Ça en faisait au moins trois de trop.

— Il y a un problème ? Madame a oublié quelque chose ?

— Hein ? Oublié quoi ? Où ça ?

— Ben je ne sais pas. Je vous trouve devant la porte de l'appartement.

— Oui. Je passais les voir. L'école m'a prévenu que mon fils n'était pas en classe et j'ai pas réussi à joindre ma… mon ex… Enfin bref je voulais vérifier que tout allait bien.

L'agent lui lança un regard ahuri et demanda à ses clients de patienter un instant.

— Attendez. Je ne comprends pas.

— Je viens voir si mon fils va bien, c'est tout.

— Non mais… C'est juste… Ils ne sont plus là…

— Quoi, ils sont plus là ?

— Madame… Votre fils… Ils ne sont plus là. Vous le savez, non ?

— Ils sont plus là ? Qu'est-ce que vous racontez ? Ils sont où, s'ils sont plus là ?

— Ah ça… J'en sais rien, moi. Tout ce que je sais, c'est qu'ils ont quitté les lieux. Madame a résilié son bail. Elle a rendu l'appartement. Et la boutique.

Nathan dut se retenir aux murs pour ne pas tomber. Les clients le regardaient de travers. Ils devaient le prendre pour un dingue. Lui-même avait l'impression de le devenir. Astier continua. Jun l'avait appelé trois jours plus tôt pour le prévenir. Elle avait réglé ses trois mois de préavis, ils avaient procédé à l'état des lieux hier, et comme convenu il avait trouvé ce matin l'appartement vide, à l'exception des meubles qu'elle avait laissés. Les prochains locataires décideraient s'ils souhaitaient en conserver tout ou partie, mais si finalement Nathan voulait en récupérer certains, ils devaient pouvoir s'arranger. Tout en prononçant ces mots, Astier fit tourner la clé dans la serrure et poussa la porte. Nathan entra. L'appartement semblait n'avoir jamais été habité. Les étagères du salon étaient vides. Les tiroirs de la commode également. Il se précipita dans la chambre de Léo, puis dans celle de Jun. Tout s'était envolé. Les livres, les vêtements, les bijoux. Plus le moindre produit dans la salle de bains. Plus rien nulle part. C'était quoi, ce bordel ?

Il ressortit et dévala l'escalier. Depuis l'appartement, l'agent lui cria que l'atelier était ouvert. Il n'avait pas à s'en faire. Jun s'était entendue avec un artisan céramiste de Saint-Brieuc. Ce dernier viendrait dans l'après-midi récupérer le stock et le matériel restant. Nathan entra dans la boutique et alluma la lumière. Dans la partie atelier, les fours, les tours de potier, tout le matériel encombrant était bien en place, mais parfaitement nettoyé, briqué à mort, comme neuf. Les tournassins, les mirettes, les estèques, les modeleurs, les compas, les pinces à émailler, les rouleaux, les trusquins avaient quant à eux disparu. Dans la partie boutique, les trois quarts des étagères étaient encore pleines. Mais les pièces dont Jun était le plus fière, celles aussi qui avaient le plus de valeur, manquaient à l'appel.

Nathan quitta l'atelier et cette fois son œil fut attiré par les sacs et les cartons entreposés dans la cour intérieure. Les ouvrir lui retourna le cœur et les tripes. Dieu lui pardonne, mais il vomit sur tout ce que Léo n'avait pu prendre avec lui. Ses jouets, ses livres, ses vêtements. Il y avait aussi des tas d'affaires appartenant à Jun, dont elle avait dû se résoudre à se débarrasser. Nathan n'arrivait pas à interpréter ce qu'il venait de découvrir. Ils étaient partis sans le prévenir, avaient tout vidé et n'avaient emporté que le strict minimum. Il ne s'agissait pas d'un simple déménagement. Il s'agissait d'autre chose. Mais quoi ?

Une fois dans la rue il composa le numéro de Jun et lui laissa un message. Puis il se précipita à la boulangerie. Yoko était là, penchée sur ses préparations. Si elle savait quelque chose, elle n'en laissa rien paraître. Elle porta simplement sa main à sa bouche, gênée, quand Nathan lui annonça qu'il avait trouvé l'appartement vide et la boutique idem, et que Jun et Léo demeuraient injoignables. Non, elle ne savait rien. Non, elle n'avait pas la moindre idée de l'endroit où ils pouvaient être. Mais elle ne manquerait pas de lui faire signe si d'aventure elle avait des nouvelles.

— Appelle-la, toi, lui demanda-t-il avec une brusquerie qui parut la choquer.

— Hein ? Pourquoi ?

— Ben, je sais pas. Moi elle me répond pas. Elle s'est tirée avec Léo. Je sais pas ce qu'elle a en tête mais si je comprends bien, pour le moment, elle veut pas que je sache où ils sont. Si c'est ton numéro qui s'affiche, elle te répondra peut-être.

Yoko hocha la tête à contrecœur, s'essuya lentement les mains et se saisit de son mobile. Elle composa un numéro (avec le recul, bien sûr, il n'avait aucun moyen de savoir si c'était bien celui de Jun), patienta tandis que s'égrainaient les bips, puis lui signifia qu'elle écoutait l'annonce du répondeur. D'un geste il lui demanda de laisser un message. Elle s'exécuta. Il ne saisit pas un traître mot de ce qu'elle dit. Elle parlait en japonais. En dépit des nombreux séjours qu'il avait effectués à Kyoto, en dépit des années qu'il avait partagées avec Jun, Nathan ne connaissait qu'une poignée de mots. Konichiwa. Arigato gozaimasu. Sumimasen. Okini. C'était tellement tentant là-bas de s'en remettre à elle. Et pour le reste de s'en tenir à cet anglais de voyage qui, où qu'on aille dans le monde, suffisait à se faire comprendre. Ça aussi, ça faisait partie des reproches qu'elle lui adressait. Là encore c'était elle qui allait vers lui en se perfectionnant en français. Mais c'était sans réciprocité. Pourtant même Léo s'y était mis. Il suivait des cours en compagnie de tous les enfants franco-japonais de la région. Jun avait pressé Nathan à de nombreuses reprises de s'y atteler lui aussi mais il avait toujours prétexté le manque de temps, la paresse, la moindre plasticité du cerveau à son âge qui rendait les nouveaux apprentissages plus ardus qu'à l'enfance ou l'adolescence.

Yoko raccrocha.

— Je t'appelle si elle me rappelle.

Et elle se remit à sa tâche. Il l'observa quelques instants façonner ses baguettes et ses ficelles avant de les mettre au four.

— Je suis vraiment désolée, lui lança-t-elle avant de ne plus lui porter la moindre attention.

Nathan sortit de la boulangerie et répéta l'opération par téléphone avec Midori, qui bossait dans un cabinet d'architecte, Ryu, qui tenait un restaurant étoilé sur le port de Cancale, Ito qui avait une petite boutique dans un village longeant l'aber, puis fila en voiture jusqu'à la vieille ville, où il dérangea Naoko en plein service. C'est là qu'elle lui planta son couteau dans le ventre en suggérant que Jun était peut-être rentrée au Japon. Son mari renchérit. Il lui suggérait de se renseigner. Une fois qu'elle serait là-bas, si elle en décidait ainsi, ce serait l'enfer s'il voulait revoir Léo. Sur le moment Nathan pensa que le restaurateur dramatisait, que son sang corse le portait vite à l'exagération, au mélodrame et au fatalisme. Jusqu'alors ça ne lui était pas venu à l'esprit. Il n'avait pas eu le temps d'envisager les diverses possibilités. Il s'en était tenu à ce qu'il avait sous les yeux. L'appartement et l'atelier vidés, les baux résiliés, son ex-femme et son fils volatilisés. Il appela quand même Pedretti.

*

Le flic l'attendait dans son bureau. C'était la première fois que Nathan le voyait à son poste, ou plus simplement dans l'exercice de ses fonctions. La première fois aussi qu'il foutait les pieds dans un commissariat pour un motif vraiment sérieux. C'est dire la vie qu'il avait menée jusque-là. Une vie protégée. Épargnée. Confortable.

Pedretti était au téléphone. Il lui fit signe d'entrer. À en croire ses mimiques, la conversation le concernait. Nathan jeta un œil autour de lui. Les étagères métalliques. Les dossiers. Les ronds bruns laissés par des tasses de café sur le bureau. Les posters officiels de la police nationale et parmi eux, plus inattendue, une affiche de *Roubaix, une lumière*. C'est lui qui l'avait offerte à l'officier de police cinéphile, comme toutes celles qui l'avaient précédée. Chaque fois qu'un film lui plaisait, Pedretti en demandait l'affiche. Mais c'était la première fois que Nathan voyait le résultat en situation. Il sourit en regardant Roschdy Zem. Pedretti s'identifiait-il à Daoud ? Ce commissaire extralucide et doux, humaniste et désabusé. À vrai dire Nathan ne le connaissait que comme client. Il venait deux à trois fois par semaine et aimait discuter en sortant de la séance, un peu comme l'opticien. Mais c'était un spectateur plus avisé, aux goûts plus précis. Il arrivait à Nathan de choisir un film en pensant à lui. Ils seraient au moins deux à l'aimer, se disait-il alors, et tant pis si se profilaient des projections désespérément clairsemées.

Pedretti raccrocha et le regarda d'un air désolé. Quand Nathan l'avait eu au téléphone une heure plus tôt, le flic lui avait conseillé de garder son calme : on ne savait pas exactement depuis combien de temps Jun avait quitté la ville, si c'était ce matin même, elle était peut-être encore dans les parages. En outre elle était majeure, n'avait commis aucune infraction et avait le droit de circuler à sa guise. Officiellement la police ne pouvait pas intervenir. D'autant que c'était sa semaine de garde et que même concernant Léo il n'y avait pas grand-chose à faire. Pas de main courante pour non-présentation de l'enfant. Et encore moins d'alerte enlèvement. Et puis si elle avait juste décidé de changer d'appartement, ils auraient l'air fins.

— Elle a aussi rendu les clés de la boutique, l'avait corrigé Nathan.

— Elle a peut-être trouvé un autre local dans la région. Ou elle a rencontré un mec et elle a décidé de s'installer chez lui. Peut-être qu'il subvient à ses besoins et qu'elle a décidé d'arrêter de travailler.

À sa voix Nathan avait bien senti qu'il n'y croyait pas lui-même. Que la situation était beaucoup plus préoccupante.

— Je vais voir ce que je peux faire, avait conclu Pedretti. Passez me voir dans une heure. J'aurai peut-être des éléments d'ici là.

Le flic le regardait maintenant d'un air chiffonné. Il hésita un instant, fit claquer sa langue cinq fois contre son palais et lâcha un soupir avant de se lancer.

— Bon, commença-t-il. J'ai bien peur d'avoir une mauvaise nouvelle à vous annoncer. Ils ont embarqué ce matin à 10 heures à Roissy. Pour Osaka.

Nathan accusa le coup. Pedretti se leva, fit le tour de son bureau, et lui posa la main sur l'épaule avant de continuer.

— Elle a peut-être eu une urgence familiale. Elle n'a pas eu le temps de vous avertir, c'est tout. Son père est peut-être tombé malade. Sa mère est morte. Tout est envisageable.

— Elle m'aurait prévenu. Et puis rien ne colle. Elle a rendu l'appartement, l'atelier. Elle a emporté des tas d'affaires et foutu le reste à la poubelle. Elle a vendu toutes ses poteries et son matériel à un putain de céramiste du coin.

— Je suis désolé.

Nathan vit bien qu'il l'était. Qu'il n'avait envisagé d'autres hypothèses que pour amortir le choc, dédramatiser.

— Vous voulez un café, quelque chose ?

— Non merci. Je vais y aller.

— Je ne sais pas quoi vous dire. On peut rien faire, de notre côté. Le divorce est entériné ?

— Oui. Mais qu'est-ce que ça change ?

— Je sais pas. Je connais pas la loi japonaise. Renseignez-vous. Je sais juste que c'est compliqué là-bas en cas de divorce. La garde des gosses, tout ça. Peut-être que si vous n'étiez pas séparés ça serait différent...

Nathan le remercia et quitta son bureau. Pedretti lui souhaita bon courage et ajouta qu'il viendrait au cinéma le soir même, à la séance de vingt heures. Pour le Ryusuke Hamaguchi. À son regard embarrassé Nathan devina que le flic pensait avoir gaffé.

— Vous avez raison. Ça va vous plaire... le rassura-t-il.

Et il traversa le commissariat comme un somnambule, le cœur en lambeaux et la nausée au bord des lèvres.

Dehors, la lumière du jour le prit en traître. Comme si en lui la nuit était tombée, que l'obscurité avait tout recouvert, l'avait capitonné de l'intérieur. Il marcha hébété jusqu'au front de mer. Sous le ciel gris perle, l'eau déferlait striée de traits d'écume, d'un bleu éteint, roulant comme les muscles sous la peau. Des kitesurfeurs en profitaient pour s'élever haut dans les airs. Sur la promenade bordée de grandes villas qui longeait la baie, rien ne venait freiner le vent qui vous plaquait en arrière, vous ponçait la peau et les poumons au gros sel. Nathan se laissa transpercer, les bras en croix, parfaitement mélodramatique.

Mais il avait besoin de ça. Et aussi de quelque chose de plus fort. Pour cette fois les éléments déchaînés n'allaient pas suffire. Le chagrin ne se noyait pas à l'eau de mer. Il se dirigea vers La Goélette.

Les baies vitrées du bar donnaient sur la Manche. À marée haute les vagues s'écrasaient contre la digue et des gerbes d'eau venaient crépiter contre la vitrine. Par gros coefficient ou par vent fort – et les deux étaient réunis ce jour-là – la mer pouvait arroser tout l'immeuble, récurer les terrasses, grignoter les volets et ronger les vitres jusqu'aux plus hauts étages. Nathan poussa la porte et la repéra immédiatement. Perchée sur un tabouret accolé au bar, elle parlait avec une amie. Elle le vit à son tour et lui adressa un geste embarrassé. Sa présence paraissait la gêner. Mais Nathan avait toujours cette sensation quand ils se croisaient. Surtout quand son fils l'accompagnait. Pourtant c'était elle qui s'était tirée un jour pour les beaux yeux de l'avocat qui lui avait fait un enfant. Nathan ne voyait pas ce qu'elle pouvait avoir à lui reprocher. Mais il y avait sûrement quelque chose qui lui échappait. Après tout Jun l'avait quitté elle aussi. Pas pour un type qui roulait en Audi Coupé mais à cause d'une sorte de lassitude. Visiblement l'amour ne tenait pas longtemps avec lui. Il devait y avoir quelque chose dans sa personnalité de vicieusement, mollement abrasif, qui usait les liens, patinait l'enthousiasme, rabotait l'élan. Qu'est-ce que ça pouvait être au juste ? Ce n'était pas le moment de poser la question à Claire. Il se contenta de lui faire la bise, de saluer poliment son amie et de s'écrouler un peu plus loin, sur une de ces banquettes en cuir où il s'était si souvent serré contre elle, du temps où ils vivaient ensemble de ce côté-ci de la Rance.

Le patron lui demanda ce qu'il voulait boire. Nathan hésita. En dépit de l'heure il avait envie d'un truc à la fois puissant et rassurant. Envie de tourbe et de fumaison. Il se décida pour un double Islay. Claire lui lança un coup d'œil en biais. Elle le connaissait bien et ce n'était jamais bon signe quand il s'en remettait aux alcools forts aussi tôt dans la journée. Nathan haussa les épaules et son regard se perdit dans la mer. Elle mordait les derniers mètres de sable maintenant, viendrait bientôt se heurter au granit de la digue.

Le patron lui servit son whisky tandis qu'il consultait Google sur son portable. Sous ses yeux les hypothèses les plus noires se matérialisaient. Les cas d'hommes ou de femmes quittés par des Japonaises ou des Japonais qui rentraient en douce au pays, leurs gamins sous le bras, étaient légion. Et visiblement la justice locale n'en avait rien à foutre. Là-bas on ne considérait pas ça comme un enlèvement. La notion de garde partagée n'avait pas l'air d'exister. Aucune aide n'était fournie aux parents lésés pour retrouver leur famille envolée. Certains restaient des mois, des années sans nouvelles. Certains perdaient leurs gosses pour toujours. C'étaient quoi, ces conneries ? C'était quoi, ce pays de dingue ? Il avait si souvent haussé les épaules face à ces gens qui l'interrogeaient sur le Japon. Ce devait être si différent là-bas, lui disaient-ils, on ne devait rien y comprendre. Nathan minorait. Non, rien ne différait vraiment. Ce n'était qu'une petite somme de détails. Des coutumes. Des habitudes. Rien de plus. Maintenant il n'en était plus si sûr. Peut-être que toutes ces années quelque chose lui avait échappé. Peut-être que toutes ces années, ainsi que le lui avait souvent suggéré Jun, il était resté en surface. Il croyait savoir deux ou trois choses de ce pays mais c'était peut-être une illusion. Au fond les gens qui l'interrogeaient et qu'il avait toujours trouvés si naïfs avaient peut-être raison. C'était si différent ici et là-bas. On n'y comprenait rien.

Il but une grande gorgée et tenta de se raisonner. La situation ne pouvait être à ce point désespérée. Il était trop tôt, bien trop tôt pour envisager le pire. Après tout il n'avait aucune idée des motivations ni des intentions de Jun. Il ne savait rien, sinon qu'elle avait pris un avion avec Léo le matin même pour Osaka. Un crépitement sonore l'arracha à ses réflexions. Il tourna la tête. Le ciel avait viré ardoise et les baies vitrées ruisselaient. Mais ce n'était pas la pluie. Sur la digue des promeneurs s'étaient immobilisés pour admirer les gerbes d'eau qui s'élevaient déjà jusqu'au premier étage de l'immeuble. Ce n'était que le début. C'était parti pour la grande lessiveuse. Restait à prier pour que la vitrine tienne bon cette fois. On ne comptait plus le nombre de fois où elle avait éclaté sous l'impact, où la mer s'était déversée dans le bar, défonçant la moquette changée dix fois, grignotant le cuir des canapés, dévorant le bois du comptoir et des tabourets, se faufilant partout où elle pouvait et faisant sauter l'installation électrique. À force le patron fatiguait. Bien sûr il y avait les assurances, et chaque nouveau fournisseur garantissait l'indestructibilité de ses baies mais quand même, répétés au fil des années, le carnage et les travaux de réfection qui s'ensuivaient avaient de quoi user.

Nathan sursauta de nouveau quand son regard se reporta sur la salle. Claire l'avait rejoint et s'était assise en face lui. Son amie avait dû partir. Du menton elle désigna son verre et son téléphone, dont l'écran affichait la liste des vols pour Osaka.

— C'est d'aller voir tes beaux-parents qui te met dans cet état ? Ça y est, ton asociabilité a pris le dessus. Tu ne te réjouis même plus d'aller à Kyoto ?

Nathan sourit mollement. Il savait à quoi elle faisait allusion. L'humeur mauvaise qu'il n'arrivait jamais à contenir dès qu'elle le traînait chez ses parents, ou chez n'importe qui, dès que la perspective d'un dîner en famille ou entre amis, d'une occasion quelconque de sociabilisation pointait à l'horizon. Pourtant une fois sur place il s'y faisait. Parfois même il y trouvait du plaisir. Derrière ses mots, il y avait aussi Kyoto évidemment : elle n'y était jamais retournée depuis leur rupture et il se doutait bien que ça lui manquait. La seule fois où ils en avaient parlé elle lui avait avoué que pour elle c'était devenu inenvisageable. Kyoto, c'était entre elle et lui. Leur truc à tous les deux. Et quelque part elle lui en voulait d'avoir continué sans elle. Il avait, sans le savoir, rompu une sorte de pacte dont il ignorait l'existence. Claire avait toujours aimé lui tendre ce genre de piège.

— Ce coup-ci je suis pas sûr que mes beaux-parents m'ouvrent leur porte… Jun s'est tirée avec Léo. Ce matin.

Elle le regarda, effarée. Elle ignorait même que Jun et Nathan étaient séparés. Et a fortiori qu'ils avaient divorcé. Alors il déroula l'histoire. Par sollicitude, par compassion, elle posa sa main sur la sienne. Ce fut étrange de se toucher de nouveau. Pas trouble ni équivoque, non. Juste étrange. Une sensation oubliée, autrefois familière, qui remontait à la surface. Ils demeurèrent un moment comme ça, silencieux, dans le bar assailli par les vagues. Les vitres vibraient sous les assauts de l'eau salée.

Claire reprit la parole. Elle avait bu deux bières, était légèrement ivre et ne semblait pas vraiment réaliser de quoi il retournait. Elle restait bloquée sur le divorce. Elle était désolée pour lui, mais au fond, cette séparation ne l'étonnait pas complètement. C'était souvent difficile les couples de ce genre, passé les premiers mois tout ce qui éloignait, les origines, la langue, la culture, le mode de vie, les valeurs, ressurgissait, fendillait les sentiments et y creusait peu à peu un gouffre. On aurait presque dit qu'elle se réjouissait de la situation. Qu'il y avait à ses yeux une leçon à tirer de tout cela. Nathan ne releva pas. Il avait toujours trouvé l'attitude de Claire vis-à-vis du couple qu'il formait avec Jun ambiguë. Un peu de jalousie perfide pointait. Et il ne se l'expliquait pas. Après tout c'était Claire qui l'avait largué. Il se souvint de sa réaction quand Jun avait fini par s'installer en France et vivre avec lui pour de bon. Claire l'avait mouché :

— Quand même, j'aurais pas cru ça de toi : te vautrer comme ça dans le cliché mâle par excellence, le fantasme louche de la petite Asiatique, douce et soumise, discrète et délicate comme la plus fine des porcelaines.

Éberlué, Nathan n'avait pas eu la force de répliquer. Avait mis ça sur le compte de l'aigreur : peut-être n'était-elle pas aussi heureuse avec son avocat qu'elle voulait bien le dire, en définitive. Mais ça l'avait plongé dans une colère noire. De quoi parlait-elle ?

Comment pouvait-elle lui sortir un truc pareil ? Elle n'avait même pas rencontré Jun. Elle ne pouvait savoir à quel point elle était loin du compte. À quel point les Japonaises, et Jun en particulier, étaient loin du cliché qu'elle ressortait. Il lui en avait voulu. Claire avait passé beaucoup de temps à Kyoto elle aussi. Comme lui elle avait fréquenté à haute dose la littérature et le cinéma de là-bas... Tout cela n'était pas digne d'elle, de son intelligence. Et elle ignorait combien ils s'aimaient, Jun et lui. À l'époque il s'imaginait vieillir avec elle. Leur couple lui semblait définitif.

Nathan dégagea doucement sa main de celle de Claire. Et soudain tout éclata. Les vitres craquèrent et l'eau entra d'un coup, renversant tout sur son passage, les arrosant des pieds à la tête. Les clients se mirent à pousser des cris. Le patron leur hurla de sortir le plus vite possible. Ils se levèrent en catastrophe. Il y avait des bris de verre partout. Une autre vague percuta la digue avant de projeter des paquets d'eau contre la façade, noyant encore un peu plus l'intérieur du bar.

Quelques secondes plus tard ils étaient tous dehors, douchés de frais, des badauds parmi les autres, occupés à contempler le spectacle mille fois vu pour qui vivait dans le coin. Les gerbes s'élevaient maintenant jusqu'au cinquième étage et déferlaient dans La Goélette pour achever de tout y ravager. Nathan eut la sensation de voir se matérialiser devant lui l'état même dans lequel Jun venait de laisser sa vie.

De l'autre côté de l'aber, le vent ne soufflait pas moins fort, mais son orientation laissait le centre-ville et la plage à l'abri. Nathan grelottait quand même. Il était toujours trempé. Le trajet en voiture n'avait pas suffi à le sécher. De la promenade il vit la mer divisée en deux. Paisiblement enserrée entre les deux pointes de la baie, tout à fait étale, elle se déchaînait sitôt passés les récifs, et se précipitait sur la vieille ville, décidée à abattre ses remparts et à la noyer. Rien que de regarder ça le froid et l'humidité vous transperçait les os.

Une fois rentré à l'appartement il se changea et réserva un billet pour Osaka. Il y avait une place sur le vol Air France du surlendemain. Il appela le cinéma pour les avertir. Il passerait avant son départ régler le maximum de choses, mais il allait devoir s'absenter pour une durée indéterminée. À l'autre bout du fil Iris parut comprendre. Dans une si petite ville les nouvelles allaient vite. Elle savait où Nathan allait et pour quoi faire. Il raccrocha, s'étendit sur son lit et sombra dans le sommeil.

C'est la sonnette qui le réveilla. Sa voisine du dessus se tenait devant la porte. Il la regarda sans comprendre. Qu'est-ce qu'elle lui voulait ? Puis ça lui revint. Il lui avait proposé de descendre prendre un verre le matin même. Merde. Il avait bien choisi son jour, tiens. Mais quelle heure était-il au fait ? Combien de temps avait-il dormi ? Il jeta un œil dehors et la nuit était noire. Il eut envie de renvoyer Lise chez elle mais ne put s'y résoudre. Il n'était quand même pas mufle à ce point. Il lui fit signe d'entrer et lui proposa un verre. Elle pouvait s'asseoir où elle le souhaitait. À l'intérieur de préférence. Ça caillait trop pour profiter de la terrasse au-delà d'une cigarette ou deux. En tout cas lui était déjà suffisamment gelé comme ça. Il avait manqué de se noyer dans un bar. Elle ne saisit rien de ce qu'il racontait mais s'installa dans un fauteuil qu'elle tourna vers la mer.

— Vous êtes sûr que ça va ? lui demanda-t-elle. Vous n'avez pas l'air en forme.

Il acquiesça, prétexta un état fiévreux, un truc qui couvait. Quant à ses yeux rougis, ce devait être une saloperie d'allergie.

C'est ainsi qu'ils commencèrent à vraiment faire connaissance. À dresser sans le vouloir la liste de ce qu'ils avaient en commun. Ils habitaient l'un au-dessus de l'autre. L'un comme l'autre menaient une vie de passeur, au service des cinéastes ou des romanciers qu'ils chérissaient. L'un comme l'autre avaient divorcé quelques mois auparavant. Et l'un comme l'autre avaient perdu leur fils. Celui de Lise, bien plus âgé, avait claqué la porte du domicile familial des mois plus tôt, après une énième engueulade dont la politique était le prétexte et, sans doute, la fameuse partie émergée de l'iceberg. Celui de Nathan, quant à lui, s'était envolé le matin même avec sa mère pour le Japon, et peut-être pour toujours.

— Quoi ? Comment ça ?

Nathan déballa toute l'affaire. Rembobina le fil de la journée. L'appartement et l'atelier vidés. La façon dont il avait appris que Jun et Léo avaient pris un vol pour Osaka. Tout ce qui l'avait effrayé en consultant Internet. Cette armée de pères français à la recherche de leurs enfants disparus. Les mises en garde étranges de Pedretti et du mari de Naoko quant aux règles japonaises en matière de divorce.

— Et ? lui demanda Lise.

— Et quoi ?

— Qu'est-ce qu'il en est ? Vous vous êtes renseigné ?

Nathan hocha la tête. Avant de prendre son billet il avait déniché un site d'information associatif destiné aux couples franco-japonais. La page d'accueil était précisément consacrée aux périls qui parfois les guettaient. Et le problème de la garde d'enfant après un divorce occupait le haut du classement. Ça pouvait paraître dingue mais au Japon l'autorité parentale ne pouvait être partagée. Un seul des deux parents en bénéficiait. En général, en cas de divorce, c'était la mère qui avait la garde et le père perdait de ce fait tout droit de regard sur l'éducation de leurs enfants. Aucune disposition n'était prévue par la loi en matière de garde alternée ou de droit de visite. C'était la règle en cas de séparation d'un couple constitué de deux Japonais. Et ça l'était également dans le cadre d'une union entre un étranger et un ressortissant nippon (et dans ce cas c'est à ce dernier que revenait systématiquement l'enfant). Sur le sol japonais c'était cette loi et uniquement cette loi qui s'appliquait. Ils se moquaient bien qu'en France ou ailleurs les choses soient différentes. Ça ne les regardait pas. Ils ne voulaient même pas en entendre parler.

Nathan avait achevé son exposé au bord des larmes. Sa voix s'était étranglée peu à peu et avait fini par s'éteindre. Il se tenait maintenant la tête entre les mains et gardait les yeux fermés. Lise essaya de le rassurer comme elle pouvait. Elle enchaîna les mots de circonstance. Les choses ne se passaient pas toujours selon les pires scénarios. Jun semblait être une femme raisonnable. Elle avait agi sur un coup de tête mais rien n'était irréversible. Non seulement Lise ne doutait pas un instant que Nathan la retrouverait aussitôt débarqué à Kyoto, mais il lui paraissait évident qu'une fois le contact rétabli ils discuteraient de tout ça en adultes civilisés. Jun réaliserait la portée de ce qu'elle venait de faire. Il pourrait la ramener à la raison. Ils trouveraient un arrangement. Mais Nathan ne l'écoutait pas vraiment. Il était déjà loin. À l'autre bout du monde. Sur les traces de ses disparus.

Kyoto Ghost Stories

(deux mois plus tôt, toujours)

Nathan prit l'avion deux jours plus tard. Il ne dormit pas de tout le vol. S'enfila un Noah Baumbach, un Wes Anderson et un Judd Apatow – des films qu'il avait déjà vus et en cela réconfortants – puis passa son temps à se gaver de ces barres glacées mises à disposition entre les repas, les yeux collés à la vitre du seul hublot non condamné, près des chiottes et des espaces de restauration. Contemplant les étendues désertes aux confins de la Chine et de la Sibérie, il se laissa dévorer par les hypothèses. Où étaient Jun et son fils ? Chez ses beaux-parents sans doute. C'est chez eux qu'il lui faudrait se rendre en premier lieu. Mais quel accueil lui réserverait-on ? Quelles étaient les intentions exactes de Jun en partant ainsi en douce avec Léo ? Plus on s'approchait du Japon plus elles lui semblaient claires et difficiles à avaler. Elle était rentrée dans son pays parce que plus rien ne la retenait en France. Et elle ne voulait pas perdre son fils.

C'était aussi simple que cela. À partir de là, mieux valait pour elle mettre Nathan devant le fait accompli. Une fois là-bas elle aurait la loi pour elle. Et lui n'aurait aucun droit. Une fois là-bas ce serait terminé. *Game over*.

Oui, elle avait dû réfléchir à tout ça. Longuement mûrir son plan. Si elle lui avait fait part de son projet de rentrer vivre au Japon, il y aurait eu des discussions, des engueulades, des avocats, un jugement, et bien sûr il aurait été impossible de maintenir la garde alternée. Il aurait bien fallu que la justice française définisse un lieu de résidence principal et de scolarisation pour Léo. Et en y réfléchissant, tout donnait lieu de penser qu'un juge aurait tranché en faveur de Nathan. Léo était né en France. Il avait beau avoir suivi des cours de japonais et le parler un peu avec sa mère, il n'en était qu'aux balbutiements et sa langue maternelle était paradoxalement le français. Il était scolarisé en France – certes ce n'était encore qu'en grande section, mais tout de même. Ses copains étaient en France. Sa famille aussi en grande partie. Et Jun le savait autant que Nathan : les juges français voyaient toujours d'un mauvais œil ce genre de changement de vie quand il n'était pas contraint. Or rien ne la contraignait à rentrer au Japon. C'était un choix de pure convenance personnelle. Strictement égoïste. Rien ne l'obligeait, rien ne justifiait qu'elle prenne ainsi le risque de déstabiliser Léo. Qu'elle l'arrache à sa vie, ses habitudes, son école, ses proches. Et surtout à son père.

C'est certain, les juges auraient tranché en faveur de Nathan. Et elle le savait parfaitement. C'est pour ça qu'elle s'était tirée comme ça. Elle le savait. Ils auraient tenu compte de leurs situations professionnelles et financières respectives et celle de Nathan était plus stable et confortable. L'atelier-boutique de Jun, en dépit des merveilles qu'elle faisait naître de ses doigts, ne dégageait qu'un maigre salaire. Une fois payés les charges et le loyer il ne restait pas grand-chose. Ils se seraient fondés sur les bilans des dernières années pour évaluer sa capacité à assumer seule la charge de Léo. Ils n'auraient pas tenu compte de l'amélioration potentielle de sa situation au Japon. Pas plus que de l'aide, aussi bien matérielle que pécuniaire, qu'auraient été susceptibles de lui apporter ses parents. Peu leur aurait importé qu'au Japon les générations au sein d'une même famille se serrent les coudes et s'épaulent sans qu'on les y force. Ils n'auraient pas tenu compte non plus de l'accroissement des revenus que Jun aurait pu là-bas tirer de son travail. Ils s'en seraient moqués que dans une ville comme Kyoto les touristes écument les ateliers de céramique la carte Gold à la main et y dépensent des sommes astronomiques. À Arashiyama les mêmes objets, façonnés par les mêmes mains, se vendaient comme des petits pains, tandis qu'ici ils s'écoulaient au compte-gouttes même au plus fort de la saison touristique. À part quelques esthètes et une poignée d'aficionados du Japon, les gens ne venaient pas en Bretagne pour ça. Ils voulaient de l'artisanat breton. Boire du cidre et manger des galettes. Acheter des bols avec leur prénom dessus. S'empiffrer de kouign-amann. Se vêtir de pulls rayés et de cirés. Point barre.

Oui, elle aurait été foutue. Les juges auraient tranché en faveur de Nathan. Elle le savait parfaitement. Elle n'avait pas voulu prendre le risque de perdre Léo. De ne le voir que deux à trois fois par an, à l'occasion des vacances. Alors elle la lui avait faite à l'envers. Il pouvait comprendre ça. Du point de vue de Jun, ça se tenait. Mais quand même. Il en revenait toujours au même point, alors que l'avion survolait la mer du Japon. Comment avait-elle pu lui faire ça ? Comment avait-elle pu faire ça à Léo ? Où était-il ? Que lui répondrait-elle quand le gamin lui demanderait où était son père, quand il allait venir, quand il pourrait le voir ? Le lui demanderait-il seulement ?

Il était dans un état second lorsque l'avion atterrit. À la douane il patienta comme un zombie. Des types à la mine sévère contrôlaient scrupuleusement les entrées, relevaient les empreintes digitales et fixaient les visages sur des écrans. Le sien ne devait pas être beau à voir. Il devait se payer de sacrés cernes de raton laveur et des yeux de junkie, rougis par le manque de sommeil et le stress. Il se traîna jusqu'au petit bureau MK où l'attendait un taxi collectif. Pendant tout le trajet il eut envie de vomir. Les mignonnettes qu'il s'était enfilées après avoir soudoyé une hôtesse de l'air n'y étaient sans doute pas pour rien.

*

L'hôtel qu'il avait réservé occupait une grande maison de bois aux bardeaux peints en vert pâle. La façade était percée de bow-windows et le toit couvert de tuiles rouges. Ça avait un petit côté Walt Disney/carton-pâte. Mais charmant malgré tout. À l'intérieur, tout était décoré dans un style cosy, très vieille Angleterre. À peine entré, on lui proposa du thé et des scones. Dans le grand salon deux Français discutaient, penchés sur des cartes, des documents étalés, et deux ordinateurs allumés. Nathan repéra immédiatement sur la pile d'affiches le visage d'Alizée Tellier. La même photo circulait sur Internet, il était tombé dessus en effectuant ses recherches, il suffisait de taper Japon, enlèvement, Français ou disparition pour tomber sur son visage et les nombreux appels à l'aide lancés par les deux frères. Il les salua brièvement et leur souhaita bon courage. Ils levèrent à peine les yeux de leurs documents. Nathan ne s'en formalisa pas. Ils ne le connaissaient pas encore, après tout. Et avaient d'autres chats à fouetter.

La réceptionniste – adorable au demeurant mais ce n'était pas le moment de s'en soucier – lui annonça que sa chambre était prête et lui tendit la clé. C'était une pièce aux dimensions modestes, chaleureuse, décorée avec soin, dans le genre maison de poupée à taille réelle, ou cabinet de curiosités. Elle n'avait pas grand-chose de japonais, avec ses tissus à fleurs on ne peut plus britanniques, ses lampes en verre Art déco, ses boîtes à musique et ses figurines de cristal. Nathan eut de nouveau l'impression d'être plongé dans les décors d'un long-métrage d'animation, mais produit par la maison Ghibli cette fois. Il jeta un œil par la fenêtre. Elle donnait sur une ruelle étroite que perçait un petit canal bordé de cerisiers à floraison double. S'il en avait eu quelque chose à foutre, il aurait sûrement trouvé ça beau. Il défit sa valise et ressortit.

Au salon les deux frères avaient été rejoints par un Japonais en costume affublé de petites lunettes métalliques. Aux quelques mots que Nathan put saisir, tous prononcés en anglais, il comprit qu'il s'agissait d'un hydrologue. Ensemble ils suivaient des doigts le cours de la Katsura. La rivière ménageait ici et là quelques piscines un peu plus profondes et s'accélérait régulièrement en rapides encombrés de roches à fleur d'eau contre lesquelles on pouvait buter violemment mais enfin, dans l'ensemble, elle semblait sans danger particulier pour un adulte sachant nager – ce que personne ne faisait autrement qu'accidentellement : c'était bourré de serpents, de ragondins et de silures. Personne ne pouvait se noyer là-dedans. Les frères et l'hydrologue essayaient néanmoins d'en évaluer la possibilité. C'était là l'hypothèse principale retenue par la police locale. Alizée longeant le cours de la rivière avait fait un malaise, avait chuté dedans, et s'était laissé emporter. C'était d'autant plus crédible que la veille de sa disparition un typhon était passé sur la ville et que la rivière avait gonflé. Là-dessus les témoignages contredisaient cependant les enquêteurs. Certes la télévision avait annoncé le passage d'un typhon mais arrivé aux abords de Kyoto il s'était débiné. En définitive il avait plu raisonnablement et l'hydrologue était formel, le niveau de l'eau n'était pas particulièrement élevé ce jour-là. Du reste si Alizée était tombée et s'était noyée on aurait retrouvé son corps. La partie de la rivière inaccessible depuis les berges était très fréquentée par les embarcations de touristes. Puis elle longeait plusieurs villages et ses rives étaient prisées par les promeneurs. Au minimum on aurait identifié un de ses effets personnels. Et il semblait improbable qu'elle ait pu dériver beaucoup plus loin, dans des zones plus radicalement sauvages que la police n'avait pas encore explorées. L'hydrologue l'envisageait malgré tout et pointait la carte en répétant qu'il fallait chercher là, et là, et encore là. Pourquoi la police tardait-elle tant à le faire ? Au moins on en aurait le cœur net.

Nathan vit les deux frères hausser les épaules. Désemparés. Depuis le début de cette affaire ils ne cessaient de se heurter aux incohérences et à la lenteur de l'enquête. C'est ce qu'ils lui expliquèrent deux jours plus tard, au comptoir d'un bar étroit de la rue commerçante où ils s'étaient retrouvés par hasard, aussi découragés les uns que les autres. Pourquoi la police n'avait-elle pas encore obtenu les données téléphoniques et de connexion internet de leur sœur ? Pourquoi refusaient-ils de sonder la rivière sur tout son cours, y compris en amont, de l'autre côté du pont ? Pourquoi les battues s'étaient-elles limitées aux premières collines, accessibles depuis la forêt de bambous, les rues de Sagano, les six temples y grimpant en étages, et ne s'étaient pas déployées dans les collines moins fréquentées mais que prisaient les randonneurs les plus aventureux, ou même dans celles plus sauvages, que peuplaient seulement les singes et les ours, les corbeaux, les renards, les serpents et les sangliers ? Pourquoi n'avaient-ils pas cherché, pour l'interroger, ce couple de touristes allemands avec qui la réceptionniste avait vu Alizée discuter au petit déjeuner le matin de sa disparition ? Pourquoi se limitaient-ils au visionnage des caméras de surveillance les plus proches de l'hôtel et de la forêt de bambous où elle s'était engouffrée sans jamais en ressortir ? Elle pouvait très bien avoir emprunté un chemin de traverse, s'être aventurée dans les montagnes et avoir ressurgi dans un village plus à l'ouest. Elle pouvait très bien avoir échappé à la vigilance des enregistrements et être repérable ailleurs dans la ville.

— La vérité c'est qu'ils s'en foutent, lui confia l'un des deux frères. C'est une Française. Alors ils en ont rien à battre. Ils font quand même semblant d'enquêter. Mais pour eux elle a disparu volontairement, elle avait tout prévu, et ils considèrent que ça ne les regarde pas, qu'il faut respecter ça, c'est une adulte, c'est son droit de s'évaporer ainsi. Mais c'est des conneries. Jamais Alizée n'aurait fait un truc pareil. Et la seule autre piste qu'ils acceptent d'envisager, cette histoire de noyade, ça ne tient pas une seconde. Elle sait nager, merde, et l'eau n'est jamais plus profonde qu'un mètre cinquante.

— Mais alors, vous pensez à quoi ?

— Elle s'est fait agresser. Ou enlever. Ou c'est ce type, là, l'hôtelier. Ou alors elle s'est perdue dans les montagnes. C'est couvert de forêt primitive dans le coin. Il y a des collines où t'as pas un sentier. Peut-être qu'elle s'est blessée, qu'elle ne peut plus marcher. Que son téléphone ne capte pas. Et qu'elle attend qu'on la trouve. Dans tous les cas, chaque minute compte. Et ces cons avancent comme des putains d'escargots sous Lexo.

Nathan n'osa pas leur rappeler qu'Alizée s'était volatilisée depuis plus de dix jours maintenant. Même si leurs hypothèses se révélaient les bonnes, il serait sans doute trop tard. Il se contenta de faire signe au serveur et de recommander une tournée de Nikka. Ils en avaient besoin et lui aussi.

*

De l'hôtel, il n'y avait que quelques ruelles à emprunter. La maison des parents de Jun dépareillait. Alors que la plupart avaient une façade sur rue, la leur se nichait au fond d'un jardin clos. Par le portail de fer forgé on l'entrevoyait entre les arbres. La végétation était fournie, les herbes toujours laissées hautes et parsemées de fleurs de prairie. La bâtisse elle-même, avec ses bardeaux de bois blanc, ses décrochements, son toit pointu, sa galerie, ses petits balcons, sa tourelle, ses fenêtres nombreuses, ses ornementations, avait quelque chose de victorien. L'ensemble donnait envie de le peindre ou de le dessiner. Nathan ne savait faire ni l'un ni l'autre. Et puis ce n'était pas le moment. Il secoua la poignée mais le portail ne s'ouvrit pas. Sur le coup il n'y prêta pas vraiment attention, mais c'était inhabituel. On fermait rarement sa porte à clé à Kyoto, à moins de partir pour plusieurs jours. Il sonna et attendit un instant, fixant la porte d'entrée, les fenêtres et les rideaux, guettant un mouvement, un signe de vie. Mais rien ne se produisit. Sans doute étaient-ils sortis. En courses ou en balade. À voir le linge qui séchait sur un des balconnets, la vieille Mercedes garée dans l'allée, il y avait peu de chances pour qu'ils se soient absentés pour très longtemps. Nathan scruta le jardin à la recherche d'un indice. Des jouets. Un vélo d'enfant. Un sweat-shirt laissé suspendu à une branche. N'importe quoi pouvant attester que Léo était bien là. Ou qu'il était passé ici. Soudain son regard fut attrapé par un léger mouvement. Un rideau qu'on écartait et remettait en place aussitôt. Mais peut-être avait-il rêvé. Ou bien c'était un courant d'air.

Il resta un moment à surveiller la maison et à guetter les allées et venues dans la rue, s'imaginant d'un instant à l'autre voir surgir ses beaux-parents. Lui toujours affublé de sa casquette de base-ball, vêtu de son traditionnel camaïeu de beige et de marron, gilet de toile sur chemise à carreaux. Elle avec ses cheveux teints en noir et coupés au carré, en robe sombre et chaussures à bout rond. Tous deux suivis de Jun et de Léo, rentrant du temple voisin ou d'une balade à la campagne. Mais rien de ce genre n'arriva. Plantée sur le palier de la maison voisine, une vieille Japonaise l'épiait d'un air suspicieux. Nathan essaya de lui adresser la parole pour l'amadouer mais elle lui fit signe qu'elle ne comprenait pas l'anglais et rentra chez elle en maugréant. Partout où il avait logé à Kyoto c'était les mêmes. Des petites vieilles en tablier, voûtées, qui vous lançaient des regards courroucés et baragouinaient en faisant mine d'arroser leur jardin miniature. Ce serait bien ma veine que cette sale chouette appelle les flics, pensa-t-il.

Il s'éloigna et flâna dans le quartier. Il ne savait pas quoi faire. Bêtement il n'avait pas prévu ça. En se rendant à cette adresse, il s'était attendu à tomber sur Léo et sa mère. Il ne voyait pas où ils pouvaient être à part là, si peu de temps après avoir quitté la France. Il ne leur imaginait pas d'autre refuge. Il s'était préparé à la confrontation, à demander des comptes, à faire valoir ses droits. Il s'était préparé à retrouver son fils, à parlementer avec Jun, à prendre ses parents à témoin, à chercher une solution raisonnable. Mais non à ne pas les trouver là. Ni eux ni ses beaux-parents, qu'il s'était figuré, dans les pires scénarios, cuisiner jusqu'à ce qu'ils lui donnent l'adresse où son ex et son fils se planquaient, si ce n'était pas chez eux – ce qui lui paraissait improbable. Dans ses songes les plus noirs, il les torturait avec une cruauté sadique. Il était question de tournevis dans l'œil, de scie sauteuse et de marteau fendant le crâne. De hache même, tant qu'on y était. Nathan avait vu trop de films coréens dans sa vie. Ça finissait par déteindre.

Ils seraient sûrement de retour dans la soirée, se dit-il. Au pire après dîner. Il lui suffisait de revenir plus tard. Il se mit en route pour Sagano.

*

Il avait toujours tellement aimé ce quartier. Avec Claire ils s'étaient même imaginé y vivre. Ils avaient commencé à regarder les annonces dans les vitrines des agences immobilières. Étrangement les maisons y étaient moins inabordables qu'ils ne l'auraient cru. La plupart des terrains appartenaient aux différentes sectes bouddhistes du coin, on n'achetait que les murs et les surfaces étaient réduites. Comparé aux prix de la côte bretonne c'était dans leurs moyens. Mais très vite ils revenaient au réel. Quelle vie pourraient-ils bien mener à Kyoto ? Il leur faudrait y trouver du travail, mais lequel ? Ils ne parlaient même pas la langue. Et puis si elle y réfléchissait vraiment, Claire ne se voyait pas vivre si loin de sa famille. C'étaient des rêveries sans conséquence, comme en échafaudent tous les touristes en vacances dans les lieux qui les éblouissent. On rêve d'une vie entière en bord de mer, en pleine campagne, dans un pays étranger et bien sûr ça en reste là. On reprend sa vie là où on l'a laissée. Et on tente de se convaincre qu'elle ne nous va pas si mal.

Nathan traversa la forêt de bambous. À l'entrée de l'atelier, les tanukis géants, fidèles à leur poste, montaient la garde, leurs gourdes de saké à la taille. Il pénétra dans la boutique, le cœur battant. C'était absurde. Jun ne pouvait y être. Elle n'était au Japon que depuis deux jours. Il y avait peu de chances pour qu'elle ait déjà repris son poste. Peu de chances même qu'il y en ait eu un à pourvoir. Ça faisait tant d'années qu'elle n'avait pas travaillé ici. À chacun de leurs séjours à Kyoto ils avaient rendu visite au maître des lieux et Jun avait fait la connaissance des apprenties et des assistantes qui lui avaient succédé. Aucune d'entre elles ne lui arrive à la cheville, se lamentait systématiquement l'homme aux longs cheveux gris et à la barbichette en pointe qui avait été son patron. Avec le recul Nathan se demandait si ce type n'était pas un peu amoureux d'elle sur les bords. À chaque visite, Kazuo Asano la pressait de rentrer au pays et de le rejoindre, mais toujours elle esquivait. Non, il n'en était pas question. Elle était si bien en France et elle aimait tellement Nathan. Jamais elle ne reviendrait vivre au Japon.

Jamais ?

Tu parles...

Nathan fit mine de fureter parmi les étals. Le maître céramiste le repéra immédiatement et quitta son atelier pour venir le saluer.

— Où est Jun ? Elle n'est pas avec vous ? s'étonna Asano.

C'étaient précisément les questions que Nathan était venu lui poser. Évidemment l'homme prétendit n'en rien savoir. Et s'il jouait la comédie alors il méritait un oscar. Il sembla vraiment dévasté quand Nathan lui annonça que Jun avait quitté la France avec Léo, qu'elle était injoignable et qu'il était parti sur ses traces sans autre indice que sa présence sur le vol Air France pour Osaka de l'avant-veille. Nathan lui laissa son numéro de téléphone. S'il avait la moindre information, si elle se pointait ou lui faisait signe, qu'il l'appelle sans faute. Le maître lui assura qu'il le ferait mais son regard se fit plus méfiant, tout à coup. Et il lui lança un au revoir moins chaleureux qu'à l'accoutumée. Que fallait-il en conclure ? La soudaine méfiance d'Asano relevait-elle d'une sorte de solidarité nationale ? Ou bien était-ce de Nathan qu'il se défiait ? Après tout les apparences lui étaient défavorables. Si Jun avait précipitamment pris la fuite en emmenant son enfant avec elle, il y avait sans doute une raison. Nathan devait avoir ses propres torts. Des choses à se reprocher. On pouvait tout imaginer. Qu'il la frappait. Qu'il maltraitait son gosse. Après tout, le monde était rempli de salauds.

Il quitta les lieux et poursuivit son chemin. L'atelier de fabrication de poupées que Claire aimait tant n'était qu'à quelques mètres de là. Il se dressait le long d'un chemin arboré, au fond d'un jardin envahi de graminées et de cosmos. Derrière une vitre séparant l'atelier de la boutique proprement dite s'activaient trois femmes en blouse blanche. De leurs mains naissaient des enfants pâles aux mines mélancoliques, parés de fins cheveux brillants et de tissus délicats. Claire avait toujours rêvé d'en posséder une. Les prix extravagants qu'affichaient les étiquettes ne l'en avaient jamais tout à fait dissuadée. Un jour, peut-être, elle finirait par craquer, prévenait-elle.

Une des femmes leva les yeux de son ouvrage, reconnut Nathan et lui sourit. C'était une bonne copine de Jun à l'époque. Elles se rejoignaient parfois pour une pause clope ou à l'heure du déjeuner, et sortaient souvent le soir dans le centre-ville, faisaient la tournée des bars et des clubs, passaient des heures à picoler dans des salons de karaoké. Mais elle non plus n'eut rien à lui apprendre. Non, elle ne l'avait pas vue. Ni eu le moindre contact avec elle depuis leur dernière visite huit mois plus tôt.

Nathan recueillit le même genre de réponse dans la boutique d'artisanat local spécialisée dans les objets en bambou qui se situait à l'entrée du village. Dans la papeterie remplie de carnets et de papiers japonais, de pinceaux et d'encres, qui se nichait en son centre. Chez le caviste où avec Claire ils aimaient faire une halte – le tenancier tenait toujours à leur faire découvrir tel ou tel saké, tel alcool de prune ou telle liqueur de yuzu et ils finissaient raides comme des queues de pelle. Et dans le restaurant de tofu à l'extrême bordure du bourg, en lisière du cimetière des pauvres.

Il rebroussa chemin et se dirigea vers la pension. Non sans faire un crochet par la maison des parents de Jun. Il sonna une bonne trentaine de fois sans provoquer le moindre mouvement. Pas même celui des rideaux cette fois, qu'il ait été réel ou imaginaire quelques heures plus tôt. De nouveau il essuya le regard suspicieux de la vieille voisine et finit par s'éloigner.

Dans sa chambre il dressa un premier état des lieux. Le résultat était pitoyable. Il n'avait recueilli aucun indice. Remonté aucune piste. Son enquête commençait mal. Il faisait un bien piètre détective.

La nuit des réapparitions

L'avant-première s'était déroulée sans encombre. Mais tout le monde était un peu déçu. Le film avait plu à l'assistance, ce n'était pas le problème, mais Marc Delorme et Audrey Gardel avaient vraiment opté pour le strict minimum. N'avaient pas consenti le moindre effort. Pour commencer, ils s'étaient pointés en retard dans les salons du Royal Émeraude et n'avaient répondu que du bout des lèvres aux questions des journalistes présents. Et non sans user de cette ironie légèrement condescendante dont Nathan savait par expérience que les gens de leur espèce ne la réservaient qu'à la presse locale. Puis tout le temps du pot, ils étaient restés dans leur coin, un verre à la main, ricanant en observant les gens, réagissant par un morne et bien faux cul « enchanté » aux salutations des convives qu'on leur présentait, et évitant tout ce qui aurait pu mener à un début de conversation. Ils avaient clairement l'air de s'emmerder et ne faisaient rien pour le cacher. Tous les invités avaient dû avoir la même sensation : OK, on a compris, ils nous prennent pour des ploucs, on est pas assez bien pour eux. Ce n'était pas comme ça qu'on allait redorer le blason du cinéma français. Ni des Parisiens.

Après ça, leur mot d'introduction en début de projection s'était limité à quelque chose comme : « Nous sommes très heureux d'être avec vous ce soir. Bon film. » Et la séance de questions-réponses avait surtout laissé transpirer l'envie qu'avaient le réalisateur et son actrice de regagner au plus vite leur chambre d'hôtel pour dévaliser le minibar, enfiler les épais peignoirs siglés mis à disposition par l'établissement et baiser dans toutes les positions possibles et jusqu'à épuisement complet de leurs forces, dans la lueur du téléviseur écran géant 4K son dolby surround diffusant des clips de Rihanna ou Cardi B.

À la sortie du cinéma, Nathan leur proposa tout de même du bout des lèvres de boire un verre avec l'équipe. Marc Delorme et Audrey Gardel prétextèrent la fatigue et disparurent dans la nuit, sans un merci, sans un au revoir. Bertrand et Iris échangèrent une moue entendue. Tout cela confirmait ce qu'ils pensaient depuis longtemps des stars, même quand elles étaient de seconde zone. Ces gens-là avaient le melon et manquaient de générosité. Il suffisait de se remémorer le dîner qui s'était déroulé pendant la projection pour s'en convaincre. Le cinéaste et son actrice l'avaient pour l'essentiel passé tournés l'un vers l'autre, multipliant les apartés et les messes basses, les rires étouffés et les sarcasmes inaudibles, se pelotant comme des ados mitraillés par les hormones. Sylvain en était reparti furieux, désappointé et sans doute un peu jaloux. Quand Nathan l'avait brocardé sur le sujet, le jeune homme avait haussé les épaules.

— Bof. De toute façon, elle est pas si belle que ça, en vrai. Et puis elle a des boutons. Elle peut dire merci aux maquilleuses.

Ils se souhaitèrent bonne nuit et Nathan se dirigea vers la résidence. La lune était pleine et le ciel dégagé nimbait la mer étale d'une pellicule d'argent. Dans le halo des réverbères bordant les restaurants fermés, le casino éteint, la piscine enténébrée, le sable était d'un blanc irréel. Arrivé devant l'immeuble il composa le code, puis entra et s'aventura dans le couloir à petits pas, sur ses gardes. Les lumières étaient déjà allumées. Du local technique lui provinrent des grognements et des jurons. Il glissa une tête par la porte entrebâillée. Vêtu d'un marcel qui laissait poindre sa pilosité simiesque, Alfonso vociférait en s'échinant sur des conduits, clé à molette à la main. Probablement une fuite. Nathan préféra passer son chemin sans lui poser de questions. S'il le lançait sur la plomberie il en aurait pour des heures. Alfonso pouvait être intarissable sur la question. Et Nathan ne voulait pas paraître plus méprisant qu'il ne l'était, mais c'était vraiment le genre de problème dont il n'avait jamais rien eu à battre.

Il prit la direction de l'ascenseur en se demandant ce qui pouvait bien pousser le concierge à régler des trucs pareils à cette heure-ci. Quelle vie pouvait-il bien mener en dehors de la gestion de l'immeuble ? Nathan ne se souvenait pas de l'avoir déjà croisé en dehors du hall et des couloirs de la résidence. Ou plus loin qu'au milieu du petit jardin paysager qui l'entourait et dont Alfonso avait la charge. Jamais il ne l'avait vu dans les rues ni sur la plage. Ni dans la station ni de l'autre côté de l'aber, ni dans la ville close ni dans un des villages qui émaillaient la côte. À sa connaissance l'homme n'avait pas de compagne ni de compagnon, pas d'enfant. Nathan avait aperçu un jour l'intérieur de son appartement et il était conforme aux intérieurs des meublés que louait l'hôtel pour les touristes : parfaitement anonyme et strictement fonctionnel, dépourvu de livres et de décoration. Ah comment certains vivent, aurait chanté Dominique A, si de nouveau nous l'avions convoqué pour commenter – mais sans doute préférerait-il qu'on le laisse tranquille maintenant.

Une fois à l'appartement Nathan mit de la musique, entrouvrit la baie et sortit sur la terrasse, un verre à la main. Au large de la ville fortifiée stationnait un immense paquebot de croisière. Ses centaines de hublots scintillaient dans la nuit étrangement douce. C'était si rare ici que le vent ne souffle pas. Qu'on n'en sente pas la plus petite morsure, ni même la caresse. Tout en prenait une texture inédite. La configuration des lieux semblait changée. L'ombre des arbres et des villas, les pointes encadrant la plage : tout paraissait inédit. Les bruits n'étaient plus les mêmes. Chaque son se détachait sur le silence. Le tintement des verres, les pas d'un passant, un aboiement, une quinte de toux.

Dans la résidence, tout était calme. Pas mal de téléviseurs allumés. Personne ne baisait ou alors dans le noir complet. Pour une fois les Lenoir dînaient en tête à tête. Nathan pouvait les voir se sourire entre deux bouchées. Ils échangeaient des mots sans discontinuer. C'est beau, pensa-t-il, à leur âge d'avoir encore tant de choses à se dire. Soudain il entendit qu'on le saluait. C'était Jorgen, son voisin. En slip comme de coutume, jaune cette fois-ci, et une couverture sur les épaules. Nathan lui répondit d'un hochement de tête. Le Danois envoya voler son mégot d'une pichenette et regagna son salon en se grattant les fesses, qu'il avait idéalement galbées et rebondies. Nathan regarda le point de lumière rougeoyante tournoyer et rester en vie jusqu'au moment de s'écraser sur le sol, une vingtaine de mètres en contrebas. Alfonso s'en offusquerait au petit matin. Cette nuit même peut-être, qui sait.

Nathan perçut du bruit à l'étage du dessus. Il leva les yeux et tomba sur Lise. Son regard fixait l'horizon, absent, inaccessible. Il eut l'impression que les mains de sa voisine tremblaient.

— Tout va bien ? lui demanda-t-il.

Elle laissa passer un petit temps avant de lui répondre. Sans doute celui de revenir à elle-même, de s'extirper des pensées qui l'absorbaient. Puis elle lui adressa un haussement d'épaules désemparé. Elle avait l'air plus perdue que jamais, là-haut, sur son balcon, face à l'immensité de la nuit de pleine lune.

— Tu veux venir boire un verre ?

Elle ne répondit pas vraiment.

— Ou tu préfères que je vienne ?

Elle se contenta de hocher la tête.

Deux minutes plus tard il sonnait à sa porte. Elle lui ouvrit et traversa l'appartement comme un fantôme, pour s'écrouler dans un fauteuil. Des larmes avaient coulé sur ses joues et son mascara avait bavé. Nathan regarda autour de lui. C'était la première fois qu'il pénétrait dans cet appartement. Jusqu'alors ils s'étaient toujours retrouvés chez lui, il n'aurait su dire pourquoi. La disposition des pièces était la même, mais le panorama dont on jouissait depuis la terrasse différait légèrement. Un étage et ce n'était déjà plus tout à fait le même point de vue. Les murs du salon étaient couverts de livres et les plantes envahissaient tout l'espace. Un peu partout étaient exposées des photos d'art en noir et blanc. L'ensemble était parfaitement conforme à ce qu'il avait pu imaginer. Tout à fait raccord avec ce qu'il savait de Lise. La façon dont il la voyait. Ils restèrent un moment plongés dans la pénombre sans rien trouver à se dire. Sur la platine Leonard Cohen rendait son dernier souffle. Il posa sa main sur l'épaule de Lise et elle ne la chassa pas. Ils ne s'étaient jamais touchés ainsi sans l'excuse du sommeil ou de la danse. Et encore. À part l'incident de la veille jamais leurs peaux n'étaient, à sa connaissance, entrées en contact. Pas même celle des lèvres contre la joue. Lise n'aimait pas faire la bise. Elle-même ne savait pas d'où ça lui venait. C'était un truc hérité de l'enfance, une répulsion qu'elle n'avait jamais réussi à surmonter. Un geste trop intime pour être anodin. Elle préférait serrer la main. Ce qui lui valait dans la station une réputation de froideur que contredisait pourtant sa manière de vous offrir toute son attention quand vous vous adressiez à elle. Sa manière de vous écouter vraiment. De vous prendre vraiment en considération. Nathan en avait été le bénéficiaire deux mois plus tôt, ce soir où elle l'avait rejoint alors qu'il l'avait oubliée. Il était si perdu. Noyé, abasourdi. D'autres auraient pris leurs jambes à leur cou. Pour une entrée en matière, son désarroi cette nuit-là n'avait rien d'un cadeau. Mais elle l'avait patiemment écouté s'épancher, lui exposer ses craintes, sa terreur. Après quoi elle avait tenté de le rassurer et l'avait aidé à se préparer pour la suite.

— Qu'est-ce qui se passe ? Qu'est-ce qui ne va pas, Lise ?

— C'est Gabriel. J'ai reçu un appel.

— Un appel de qui ? De lui ?

— Non. D'un hôpital.

— Il lui est arrivé quelque chose ?

Elle acquiesça en silence.

— Mais... ça va ? Il va bien ?

— Je ne sais pas. Il leur a demandé de me prévenir. Je crois... Il est blessé à la main. Et à l'œil.

— Merde. Comment ça s'est produit ?

— Ils n'ont pas été clairs. Un tir de LBD. Une grenade de désencerclement. Les deux. Il était dans une manif à Paris. Je le savais... Je savais que ça finirait mal.

Et elle fondit en larmes. Entre deux sanglots ses lèvres articulaient des mots en bouillie. Mon petit, ils ont blessé mon petit, répétait-elle. Puis soudain la colère reprenait le dessus. Contre les CRS, contre l'État, contre le gouvernement. Et finalement contre son fils : des mois, plus d'une année sans nouvelles, et quand ça partait en couille il l'appelait au secours, il se souvenait qu'il avait une mère. Une mère qu'il considérait la veille encore comme une vendue, une collabo. Une mère qui le dégoûtait tellement qu'il avait coupé les ponts, qu'il ne voulait plus en entendre parler. Ses mots se bousculaient et se contredisaient, passaient en un clin d'œil du soulagement à la douleur, de la fureur à la tendresse. Nathan attendit que le flot se tarisse avant de lui demander ce qu'elle comptait faire.

— Je vais aller là-bas bien sûr. Je vais y aller. Quand ils ont appelé c'était trop tard, ça ne servait à rien. Ils m'ont dit que je ne pourrais le voir que demain après-midi. Qu'avant ça il serait en soins. Et les visites sont interdites avant treize heures. Tu veux bien allumer la télé ?

— Pour quoi faire ?

— Pour voir s'ils en parlent. S'ils parlent de la manif. Des blessés.

Il repéra la télécommande et appuya sur le bouton. L'écran s'alluma sur le visage du ministre de l'Intérieur.

— Je me refuse à parler de violences policières, martelait-il, tandis qu'en contrepoint défilaient des images montrant des manifestants dont l'œil saignait et d'autres dont la main avait été arrachée.

Le ministre poursuivait et fustigeait la violence des éléments les plus radicalisés, pointait du doigt les black blocs pendant qu'on voyait des CRS charger et faire pleuvoir des coups de matraque sur des hommes et des femmes à terre, certains vêtus de noir, le visage masqué par un foulard, et d'autres à l'allure nettement plus pacifique. L'interview s'acheva et le présentateur lança un sujet sur les événements du jour. Ça avait pété sur les Champs-Élysées. En marge des cortèges, les heurts avec les forces de l'ordre s'étaient multipliés. Des boutiques, des restaurants, des agences bancaires avaient été saccagés. Soudain Lise se mit à hurler.

— C'est lui ! C'est lui, là !

Elle s'était levée et pointait un jeune type au visage ensanglanté que prenaient en charge les secouristes. Elle tremblait, le doigt tendu vers le téléviseur. Tétanisée. Hagarde. Les yeux écarquillés. Elle avait l'air d'une dingue. Elle avait l'air terrorisée. Elle avait l'air d'une mère qui vient de voir son fils gravement blessé à la télé.

Nathan la conduisit dans sa chambre. Elle était molle comme un chiffon. Un pantin désarticulé. Ses larmes lui coulaient dans le cou. Il l'aida à s'étendre sur le lit avant de rabattre les draps. Elle se laissa faire, tout à fait absente à elle-même. Il attendit un moment comme ça. Jusqu'à ce qu'elle s'endorme.

Il allait pour sortir de la chambre, quand elle l'agrippa par le bras.

— Me laisse pas. S'il te plaît, Nathan. Me laisse pas.

Il obéit. S'allongea près d'elle et éteignit la lumière.

*

Il était trois heures du matin lorsque son portable se mit à vibrer et le réveilla. Sa main tâtonna sur la table de nuit et finit par repérer l'appareil. Les yeux douloureux il regarda l'écran. L'appel provenait du Japon. Il sentit son cœur s'affoler dans sa poitrine. Retint son souffle un instant avant de décrocher. Il espérait tellement entendre s'élever la voix de Jun. Ou celle de son fils.

Après tout celui de Lise venait bien de ressurgir de nulle part.

C'était peut-être la nuit des réapparitions.

LONGUE DISTANCE

À travers le pare-brise le paysage se troublait par intermittence. Il pleuvait sur les champs, les corps de ferme, les arbres déplumés. Des moutons trempés, des vaches luisantes et des ânes bons à essorer mâchaient leur herbe humide en regardant passer les voitures. Les essuie-glaces crissaient un peu. Sur le siège passager, Lise paraissait toujours aussi nerveuse. Au petit matin ils avaient décidé de faire le trajet ensemble. Elle n'avait jamais aimé conduire et s'en sentait encore moins capable ce jour-là. Son pouls battait trop vite, ses pensées s'amoncelaient en désordre sous son crâne, elle ne parvenait à se concentrer sur rien. Elle allait revoir son fils. Son fils blessé. Et ça prenait toute la place. La joie. L'inquiétude. La peur.

Arrimé à son volant, Nathan plissait les yeux. Il avait très peu dormi. Après le coup de fil d'Akira Muro, fou d'excitation, il s'était rué sur l'ordinateur de Lise et avait écumé les sites de vente en ligne à la recherche d'un billet d'avion pour Osaka ou Tokyo. Les vols du jour étaient tous complets. Même en faisant escale en Scandinavie ou ailleurs. Ceux du lendemain étaient hors de prix. Il avait hésité un moment avant de se décider. Son banquier ferait sûrement la gueule mais ils finiraient bien par s'arranger. Dans l'ensemble il avait toujours été un type solvable. Et il avait des circonstances atténuantes, Votre Honneur : il avait retrouvé la trace de son fils au moment même où il commençait à douter de le revoir un jour. Nathan avait entré son code et s'était délesté d'une somme exorbitante, mais qui lui semblait dérisoire si c'était là le prix à payer. Aussitôt après il avait fait ses calculs. Mais le mal était fait. Il lui faudrait demander à ses parents de l'aider. Ce serait la deuxième fois en peu de temps qu'il les taperait. Sa mère lui avait déjà fait un chèque pour le dernier paiement réclamé par Akira Muro. Le prochain règlement menaçait d'être plus conséquent encore.

Après l'achat du billet il s'était recouché, mais ses yeux avaient refusé de se fermer. Il était traversé par tant d'émotions contradictoires. Un soulagement indicible. Jun et Léo ne s'étaient pas évaporés pour toujours. Il avait une chance. Une chance de parlementer. Une chance de retrouver son fils. Mais dans le même temps il redoutait la confrontation et son issue. La marge de manœuvre était faible.

Rien n'obligeait Jun à quoi que ce soit. Pas même à lui adresser la parole. Dans son sommeil, Lise s'était blottie contre lui. Elle avait dû se réveiller dans la nuit un court instant, ou s'être déshabillée en somnambule. En tout cas elle était presque nue. Sa peau était tiède et douce. Les choses s'étaient enchaînées dans un état semi-inconscient. Il l'avait entendue murmurer son nom. Elle avait gardé les yeux fermés. Et ne les avait pas ouverts non plus quand elle avait posé ses lèvres sur les siennes. Leurs bouches s'étaient entrouvertes et leurs langues avaient commencé à se chercher. Il l'avait sentie se tortiller pour retirer sa culotte. Puis elle avait pris ses mains pour les coller contre ses seins, son cul, sa chatte humide. Avait saisi sa queue et l'avait caressée tendrement. Et ils avaient baisé comme on cherche une impossible consolation. Avec cette infinie douceur. Cette tendresse qui ne répare rien mais vous offre un répit.

Après ils étaient restés longtemps enlacés et silencieux dans le noir complet, aussi étonnés l'un que l'autre par ce qui venait de se produire. Mais sans regret, je crois.

Ils s'étaient levés à l'aube et Nathan lui avait dit : si tu veux je t'emmène. J'ai un avion après-demain, je peux te déposer à Paris. Le temps de se préparer, pour lui de descendre à son appartement récupérer quelques affaires, le jour s'était levé et ils étaient sur la route. Et voici qu'ils longeaient des terres agricoles et des panneaux indicateurs, des stations-service et des villes qu'on devinait au loin, prises dans la brume.

Nathan conduisait au bord du sommeil, les nerfs à vif, mais il connaissait la route par cœur. Il aurait pu la faire les yeux fermés. Il l'avait parcourue tant de fois, du temps de Claire. Elle aimait tellement Paris. Lui-même en profitait pour rendre visite à ses parents. Ces derniers étaient ravis. Ça avait d'ailleurs été leur principal regret quand il leur avait annoncé que c'était fini avec Claire. Certes ils l'aimaient plutôt bien, leur belle fille, mais surtout grâce à elle, ils voyaient leur fils aîné de temps à autre. Sans ça il ne serait peut-être jamais venu en dehors des grandes occasions. La suite leur avait donné raison. Ils lui avaient souvent reproché d'être plus prompt à rejoindre les parents de Jun à l'autre bout du monde qu'à rouler quatre heures et demie pour les voir. Ils exagéraient à peine. Nathan n'en était pas spécialement fier. D'autant que désormais il y avait Léo. Voir un peu plus souvent leur petit-fils ne leur aurait pas déplu, il le savait. Il ressentit une petite pointe de culpabilité en repensant à tout ça. La chassa en montant le son de l'autoradio.

Aux abords de la capitale, le trafic commença à s'intensifier et Nathan vit Lise se raidir. Il lui prit la main et y déposa un baiser. Elle lui rendit un pauvre sourire qui ne cachait rien. Elle était tétanisée par la peur. Craignait de faire face à un étranger. Déjà les derniers temps, avant que Gabriel ne mette les voiles, c'était l'impression qu'elle avait. Quelqu'un d'autre avait pris possession de son fils. C'était bien son visage mais à part ça elle ne reconnaissait rien. Il avait l'air possédé. Et même dans les reproches qu'il lui adressait, elle ne le reconnaissait pas. Parce qu'elle ne s'y reconnaissait pas elle-même. Il parlait de ses parents mais ce n'étaient pas eux. C'étaient des êtres qu'il avait inventés de toutes pièces. Ou qu'on lui avait fourrés dans le crâne pour mieux l'en éloigner – c'était courant dans les sectes. Rien ne cadrait. Rien ne s'emboîtait. Qu'allait-elle trouver à lui dire ? Il lui semblait qu'elle en avait perdu l'habitude. Que quelque chose avait été oublié. Un truc impossible à déterrer. Qu'entre eux tout avait été brisé. Pour toujours.

— Ne t'inquiète pas, tenta de la rassurer Nathan. C'est ton fils. Ça ne s'oublie pas. Même au plus fort des crises il en reste toujours quelque chose. Un lien ténu mais qui subsiste tout de même. Qui ne peut jamais s'effacer tout à fait. Qui ne demande qu'à ressurgir. Et puis c'est lui qui a voulu qu'on te prévienne, non ?

— Et s'il refuse de me voir ? À l'hôpital ils n'ont pas dit : il veut que vous veniez. Ils ont dit : il veut que vous soyez prévenue.

— C'était un appel, Lise. Te prévenir ça voulait forcément dire te réclamer à son chevet.

Elle hocha la tête pensivement. Mais ses angoisses ne s'arrêtaient pas là. Dans quel état exactement allait-elle trouver son fils, son enfant, son bébé ? Perdrait-il son œil ? À quel point sa main était-elle endommagée ? Avait-elle été arrachée ? Et s'il en perdait l'usage, s'agissait-il de la droite ou de la gauche ? Il avait toujours tellement bien joué du piano. C'était même à ça qu'elle croyait qu'il consacrerait sa vie. Avant qu'il n'envoie tout balader au nom de ses engagements politiques.

Ils entrèrent dans Paris par la porte d'Aubervilliers. Des centaines de réfugiés se massaient le long d'une enfilade de tentes igloos. Il y en avait d'installées partout. Des rouges, des jaunes, des vertes. Sur les trottoirs, sous les ponts, jonchant les terrains vagues. Tout autour, ce n'étaient qu'amas de détritus et flaques de boue, hommes et femmes hagards réduits à moins que rien. Une misère radicale. Inimaginable. Pourtant ils l'avaient sous les yeux. Ils la laissèrent derrière eux, soulagés bientôt d'emprunter des rues moins accusatoires.

Nathan se gara près de l'hôpital Lariboisière. Ils empruntèrent les galeries qui longeaient les bâtiments et les pelouses. Des patients en pyjama et reliés à une perfusion y marchaient à petits pas, tirant sur leur cigarette. D'autres, en survêtement, actionnaient les roues de leur fauteuil ou sautillaient armés de béquilles. Sous les arcades, des types en costume se dirigeaient vers les consultations, une grande pochette abritant radios et résultats d'examens à la main. De l'autre côté des portes vitrées, des femmes se pressaient devant un comptoir, munies de bouquets de fleurs, pour demander le numéro de chambre de monsieur ou madame Untel. Partout, des brancardiers, des infirmières, des aides-soignants en blouse allaient et venaient, les traits tirés, débordés, usés. Nathan se servit un café dégueulasse à la machine, pendant que Lise patientait à l'accueil.

Il l'avait terminé quand elle le rejoignit. Voilà. Elle savait où était Gabriel, dans quelle chambre. Mais pour le moment il était au bloc. On opérait sa main. Il ne serait pas visible avant trois bonnes heures. Nathan pouvait partir s'il le voulait. Après tout il ne pouvait plus faire grand-chose pour elle. Et elle n'allait pas se pointer avec lui devant son fils.

— Tu es sûre ?

— Oui. Vas-y. Moi je vais prendre un café dans le coin. J'ai vécu pas loin tu sais. Il y a longtemps. Rue Condorcet. Je bossais dans une librairie du quartier. Jusqu'à ce que je décide de monter la mienne. Je venais d'hériter de mes parents. Il y avait un fond à vendre sur la côte. Je connaissais pas la Bretagne mais je me suis dit, une librairie au bord de la mer, ça ne se rate pas. Et voilà.

— Et Paris ne t'a jamais manqué ?

— Si, bien sûr. Mais quand j'y vivais je n'avais qu'une idée en tête, c'était de me tirer. Mais bon. Je crois que c'est pas très original. Ce serait pas drôle si on se contentait d'être bien là où on est…

Ils se quittèrent devant l'hôpital. Nathan rejoignit sa voiture tandis que Lise se dirigeait vers la rue de Dunkerque. Il la doubla au niveau de la rue du Faubourg-Poissonnière. Elle le vit et lui fit un petit signe de la main. Un petit signe angoissé qui lui fendit le cœur.

*

C'était un carnage. Sa mère l'avait prévenu mais Nathan n'était pas préparé à ça. L'avenue était encombrée d'engins de chantier orange. Des dizaines de tilleuls qui depuis toujours bordaient les contre-allées en quatre rangées bien alignées ne subsistaient que des troncs coupés à cinquante centimètres au-dessus du sol. Dans certaines portions, ils avaient été déracinés et gisaient sur le flanc, racines à l'air, près d'un carré de terre éventrée. On aurait dit des bêtes sauvages abattues par des contrebandiers sans scrupule. Partout sur le bitume se dessinaient des traces de boue laissées par les pneus des Caterpillar. Tout au bout de la rue les ouvriers s'activaient, s'acharnaient sur les derniers arbres encore debout, protégés d'éventuels riverains furieux par des rubans de chantier et huit policiers prêts à dégainer leurs matraques.

Vue du jardin aussi la scène était saisissante. De l'autre côté du portail tout était nu, ravagé. Nathan ne reconnaissait rien. Un mur tagué, des immeubles gris et des toits de maisons neuves autrefois camouflés par les branches et les feuillages et dont il avait toujours ignoré l'existence occupaient tout l'espace, saturaient le cadre. C'était comme si la maison entière avait été téléportée dans un nouvel environnement. Une autre rue. Une autre ville. Coupée des souvenirs qu'elle avait emmagasinés au fil des années.

Il sonna et ce fut son père qui vint lui ouvrir. Comme toujours Simon Forsberg avait l'air de tomber de la lune, ses cheveux en désordre s'élevant en un nuage d'un blanc vaporeux au-dessus de son crâne rougi, ses yeux perdus encore accrochés à ce qu'ils étaient en train de déchiffrer une minute plus tôt, dans les pages d'un livre ou sur l'écran de sa tablette. Plus il vieillissait plus il mettait de temps à revenir au réel. Et plus il était difficile à Nathan d'ignorer de qui il avait hérité sa faculté de s'absenter, de se laisser absorber par ses pensées, ses rêveries ou celles des autres, sa capacité à disparaître, à n'être là pour personne même au milieu des siens ou de la foule. En voyant son père l'accueillir il pensa à Modiano. Comme lui le vieux avait constamment l'air de s'extirper des brumes.

— Ta mère est dans le salon, lui annonça-t-il, comme si au fond la visite de son fils ne le concernait pas vraiment.

Comme si un événement considérable ne venait pas de se produire. Comme si Nathan n'était pas sur le point de rétablir le contact avec son fils, après avoir craint de l'avoir perdu pour toujours.

Dans la maison aussi tout avait changé. Par mesure de rétorsion, Annie Forsberg avait recomposé la disposition des meubles, notamment celle des sièges : chaises, fauteuils et canapé. Tout était désormais tourné vers l'intérieur. Elle ne voulait littéralement pas voir ça. Ce qu'était devenu son décor. Elle se leva pour faire la bise à son fils avant de se lancer dans une violente diatribe contre le maire et ses projets de réaménagement, ses mensonges et sa mauvaise foi. Quant aux voisins, qui pour une bonne part n'avaient rien trouvé à redire à la dévastation de leur rue, ni au génocide des tilleuls pour la plupart en parfaite santé qui y avait été perpétré, elle n'avait plus pour eux que mépris. D'ailleurs c'était bien simple, elle ne leur adressait plus la parole.

Qu'on ne se méprenne pas ici. Qu'en cet instant et tous ceux qui suivraient pas un mot ne soit prononcé au sujet de Jun et de Léo n'était en rien le signe d'une forme d'indifférence ou d'insensibilité. C'était même exactement l'inverse. Chez les Forsberg on ne parlait jamais de ce qui touchait, de ce qui ébranlait vraiment. Ne pas évoquer un sujet brûlant, ou seulement par allusion, suffisait à en indiquer la gravité et la place qu'il occupait dans les pensées. Combien il pouvait bouleverser, indigner, attrister, inquiéter, blesser ou meurtrir. Ou même soulager au contraire. Jun avait eu un mal de chien à s'y faire. Une fois de plus les clichés s'inversaient. Tous ces lieux communs sur la pudeur des Japonais, leur retenue, leur façon de tout garder pour eux et de tout cacher derrière la façade d'un visage impassible, d'un sourire policé. Toutes ces conneries sur l'expansivité des Européens, des Français en particulier, leurs manières plus tactiles, plus démonstratives, leurs sentiments en bandoulière, et leur parole coulant à flots, sans peur ni tabou. Rien de tout ça ne tenait. Ils en étaient la preuve. Nathan avait toujours été un type renfermé, mal à l'aise avec les sentiments et les démonstrations d'affection. Et il avait toujours vu Jun parler de tout à tout le monde comme sur le divan d'un psychanalyste. Passer en un clin d'œil du badinage de circonstance aux conversations les plus graves, les plus personnelles, les plus essentielles. Rire fort, pleurer facilement et vous serrer dans ses bras sans retenue ni avoir besoin de vous connaître.

Sa mère leur avait servi du thé. Comme souvent, la discussion roulait sur le cinéma. Et comme toujours elle ne menait à rien. Son père s'acharnait à s'étonner que leurs goûts diffèrent et à trouver son fils snob. Pour Simon Forsberg les films n'avaient qu'une fonction : nous distraire. Nous distraire de quoi ? lui demandait parfois Nathan par goût de la provocation. Mais la question lui paraissait d'autant plus vertigineuse que son père était à la retraite et menait une vie paisible dont le drame majeur, à l'exception de la volatilisation de son petit-fils, se déployait à présent sous leurs yeux. Si toutefois ils consentaient à quitter les fauteuils dont la disposition tentait de le soustraire à la vue. Il écouta tout de même son père lui vanter les mérites d'une énième comédie avec Franck Dubosc ou Kad Merad, d'un quelconque film de réunion de famille où s'ébattaient Jean-Paul Rouve ou Guillaume de Tonquédec, et d'une daube de Nicolas Bedos dont le visionnage avait constitué pour Nathan une véritable épreuve. Quand à la fin la plupart de ses confrères s'étaient levés pour applaudir, il avait eu la sensation d'être un extraterrestre. Et de ne plus rien comprendre à son métier.

Il fit mine d'acquiescer.

— Oui oui... Arditi n'est pas mal...

Il y avait longtemps maintenant qu'il avait déposé les armes.

En retour son père lui demanda ce qu'il programmait ces temps-ci. Évidemment le retraité n'avait jamais entendu parler des films en question. Ou fit semblant. Ou n'avait aucune envie de les découvrir.

— Encore tes trucs déprimants, conclut-il, avant d'entreprendre son fils sur d'autres sujets qui le faisaient bouillir et semblaient justifier à eux seuls le besoin qu'il éprouvait de se détendre quand il allumait la télévision ou, plus rarement, s'asseyait dans une salle de cinéma.

Il avait beau ne pas beaucoup sortir de chez lui et limiter ses contacts avec le monde au minimum, l'état de ce dernier, et plus particulièrement de la société française, le préoccupait au plus haut point. Et la quasi-totalité de ce qu'il en voyait venait de sa tablette. Il passait chaque jour de longues heures à consulter les sites d'information, sans s'épargner les sections commentaires. Et c'étaient bien ces dernières qui le mettaient le plus en rage, ex aequo avec Twitter. Il ne lui en fallait pas plus pour dresser le portrait d'un pays à feu et à sang, fractionné en microcommunautés prêtes à se livrer une guerre sans merci. La haine et la violence étaient partout. Le repli dominait. L'anathème, l'insulte et la mauvaise foi, le dogmatisme et la menace régnaient en maître. Le populisme et le complotisme avaient pignon sur rue.

Ces temps-ci c'était l'omniprésence des discours religieux qui le perturbait le plus. Vraiment ça le dépassait. Ce retournement de l'histoire. Alors qu'il pensait tout ça définitivement relégué aux oubliettes. Pour le bien de tous. À ses yeux la religion avait toujours été synonyme d'asservissement, d'aliénation, point barre. Comme beaucoup de gens de sa génération et de celle de son fils dans la foulée, il avait longtemps pensé que l'avenir en délivrerait le monde petit à petit, doucement mais sûrement, et qu'il n'y aurait pas de retour en arrière. Qui voulait vivre enchaîné, réduit, dirigé, et mener volontairement sa vie sous le joug de superstitions et de dogmes d'un autre âge ? Et voilà qu'être athée, se revendiquer libre penseur, envoyer toutes les religions et tous les dieux au diable, moquer les croyants, les culs-bénits et les tartuffes, blasphémer comme on respire devenait inconvenant. Il n'en revenait pas. Comme de tant d'autres choses ces derniers temps.

Annie Forsberg lâcha un long soupir excédé. Les discours sans fin de son mari, ses emballements quotidiens l'épuisaient. Elle avait beau lui répéter que Twitter ne représentait pas la France, mais seulement les quelques grandes gueules et l'armée de frustrés hargneux qui s'y exprimaient, il ne parvenait pas à faire la part des choses.

— Mais tu ne veux pas arrêter de saouler ton fils avec tes histoires. Tu ne vois pas qu'il est crevé ? Hein Nathan, que tu es crevé ? fit-elle en désignant le visage de son fils.

— J'ai pas beaucoup dormi cette nuit, confirma Nathan en saisissant la balle au bond.

— Monte te reposer. Je t'appellerai pour l'apéritif.

En bon fils il obéit à sa mère, qui une fois de plus était aussi sa sauveuse, tandis que son père, imperturbable, continuait à parler comme si quelqu'un l'écoutait encore. Voyant Nathan se lever, Simon Forsberg s'interrompit malgré tout et lui demanda ce qu'il pensait de tout ça.

— Laisse-le tranquille, le coupa sa femme. Il a suffisamment de choses à quoi penser comme ça.

Voilà. Ils venaient d'atteindre le sommet de la frontalité quant à l'objet de la présence de Nathan ici, chez eux : l'avion qu'il allait prendre tôt le lendemain matin, le coup de fil que lui avait passé Akira Muro l'informant qu'il avait enfin retrouvé la trace de Jun et de Léo, qu'ils allaient bien mais n'étaient plus depuis longtemps déjà chez ses beaux-parents, d'ailleurs ils n'y étaient déjà plus quand Nathan s'y était pointé deux mois plus tôt. Le détective lui conseillait de rappliquer fissa et de l'appeler quand il serait à Kyoto. Là il lui dirait tout ce qu'il y avait à savoir. Et lui présenterait sa facture.

Mais ça lui allait. Ces allusions discrètes, cette simple invitation au repos assortie d'une vague mention des soucis et des espoirs qui l'occupaient et la taraudaient elle aussi, ça lui allait.

Il était fait de ce bois-là lui aussi.

Ils se comprenaient sans avoir à se parler.

Et c'était là le principal.

Nathan grimpa l'escalier et poussa la porte de sa chambre. La dernière fois qu'il y avait mis les pieds, c'était aussi la veille de son départ pour Kyoto, deux mois avant, et il était dans un état d'affolement extrême. Même ses parents, d'ordinaire si maîtres d'eux-mêmes, semblaient débordés par la panique. Il regarda un peu autour de lui. Les vestiges de son adolescence. L'affiche d'un film de Jim Jarmusch. Une autre de Cassavetes. Une troisième d'Ozu. Ses CD et ses K7 de Nick Cave, Divine Comedy, Tindersticks, Jean-Louis Murat, Étienne Daho, les premiers Katerine et Dominique A. Sa collection de romans américains et de recueils de poésie japonaise. Ses DVD de Truffaut, Pialat et les autres. Et il s'étonnait de s'être senti à part au lycée.

Étendu sur son lit une place, les yeux au plafond, il laissa sans prudence les pensées l'assaillir. Passé le soulagement d'avoir retrouvé la trace de Jun et Léo, d'autres questions s'ouvraient. Et elles n'étaient pas moins vertigineuses que celles qui les avaient précédées. Qu'allait-il trouver là-bas ? Que risquait-il à forcer la confrontation ? Une part de lui-même envisageait-elle réellement de prendre

Léo avec lui, de gré ou de force, et de le ramener en France ? Ça n'avait pas de sens il le savait bien. Sitôt l'alerte donnée son signalement serait diffusé dans le pays entier. Et ils se feraient choper à l'aéroport. Il n'exagérait pas. Un Français avait tenté le coup l'année précédente. Il avait attendu sa fille à la sortie de l'école à Kobe. Ils avaient sauté dans le shinkansen pour Tokyo et rallié Narita. Il avait cru réussir son coup. Avait franchi les contrôles. S'était installé dans l'avion avec la gamine. Mais les flics avaient surgi dans l'appareil deux minutes avant le décollage. À l'heure qu'il était le type croupissait en prison et personne ne pouvait rien pour lui. Il avait bel et bien tenté d'enlever son propre enfant. Aux yeux de la justice japonaise il ne bénéficiait d'aucune circonstance atténuante. Mieux valait ne plus y songer. Mieux valait penser à autre chose.

Il essaya de se concentrer sur Lise. La nuit étrange qu'ils avaient passée ensemble. La façon dont ils avaient fait l'amour sans l'avoir vraiment prévu, dans l'euphorie de l'instant, la manière dont ils avaient mêlé leurs soulagements respectifs et cherché le réconfort l'un dans l'autre, et l'absence de trouble ou de gêne qui s'en était suivie. Pourtant jusqu'alors il n'avait jamais pensé à elle en ces termes. Bien sûr, au fil des semaines, ils s'étaient rapprochés et il leur était parfois arrivé de dormir ensemble. Mais il lui avait toujours semblé la considérer plutôt comme une sœur, une amie, rien de plus. Les événements avec lesquels il se débattait, ceux auxquels elle-même faisait face les avaient peut-être aveuglés. Ils n'avaient pas pris la peine de porter attention l'un à l'autre. Ne s'étaient pas envisagés sous cet angle jusque-là. Que faisait-elle en ce moment ? Avait-elle pu voir son fils ? Dans quel état les CRS l'avaient-ils réellement laissé ? Nathan consulta son portable. Rien. Aucune nouvelle. Sans doute était-ce bon signe. Elle devait être absorbée par les retrouvailles.

Il se réveilla en sursaut. Sa mère se tenait au-dessus de lui. Il avait dû sentir sa présence. Elle n'avait pas eu à prononcer le moindre mot, à esquisser le moindre geste. Ses yeux s'étaient ouverts et elle était là.

— Tu viens boire un coup avec nous ? lança-t-elle après s'être éclairci la voix. Ton frère est arrivé. Avec Margot.

Encore engourdi par le sommeil il la regarda un instant et remarqua qu'elle avait les yeux humides.

— Ça va, maman ?

— Oui oui, ça va, mon grand. C'est juste... Je suis tellement soulagée, tu sais. Tellement heureuse que tu les aies retrouvés. Je sais que ça ne règle rien pour autant. Je sais qu'il ne faut pas se réjouir trop tôt. Mais tout de même.

Nathan lui prit la main et la serra dans la sienne. Elle la retira et toussa brièvement. S'essuya les yeux. Puis il la vit fouiller dans la poche droite de son grand gilet de laine et en sortir une enveloppe qu'elle lui tendit sans prononcer un mot. Il la fourra dans sa veste sans l'ouvrir. Il savait parfaitement ce qu'elle contenait. De quoi renflouer un peu son compte et payer le détective. Il s'en voulait. Cette année ses parents ne loueraient pas l'appartement vue sur mer dans le Pays basque où ils avaient l'habitude d'aller l'été. Il balbutia des remerciements embarrassés. Sa mère le coupa aussitôt.

— Allez. Viens. Lève-toi. Ils vont se demander ce qu'on fait.

Nathan obéit et suivit sa mère dans le couloir.

Son frère et Margot l'attendaient en bas de l'escalier. Il les embrassa tandis qu'au salon son père chantonnait en disposant les bouteilles, les rondelles de saucisson et les sacrosaintes pistaches. Guillaume avait pris du poids et sa belle-sœur aussi. Mais pas pour les mêmes raisons. Ça lui sauta au visage. Elle était enceinte. Ils allaient avoir un enfant.

*

Ça n'avait pas manqué. Il avait la nausée dans le taxi qui le menait à l'aéroport. Faut dire qu'ils avaient bien picolé la veille avec son frère. Sa belle-sœur, elle, n'avait pas bu la moindre goutte. Mais elle n'avait jamais eu besoin de ça pour être de nature joyeuse. À défaut de participer elle les avait bien encouragés. Elle avait sa part de responsabilité.

D'autant que c'était bien la nouvelle de sa grossesse qui avait fourni le prétexte – l'issue du voyage que s'apprêtait à faire Nathan, en dépit des espoirs qu'il suscitait, était quant à elle beaucoup trop incertaine. Simon Forsberg avait débouché le champagne. Annie avait les larmes aux yeux. Elle regardait Nathan avec inquiétude. Elle devait se sentir coupable de célébrer cette naissance à venir dans des circonstances pareilles. Alors que Léo était loin et que son fils aîné n'était pas encore sûr de pouvoir le revoir. Il lui avait fait signe que tout allait bien. De ne pas s'en faire. Après tout la vie était comme ça. Les grandes joies se mêlaient aux chagrins les plus profonds. Les espoirs les plus fous à l'incertitude la plus absolue. On n'y pouvait rien. C'était le grand manège. Un foutu bordel. Du grand n'importe quoi.

Plus tard, une fois les parents montés se coucher, Guillaume et Nathan étaient passés aux alcools forts et s'étaient lancés dans un improbable karaoké. Nathan avait essayé de ne pas penser à Jun. À combien elle aurait aimé ça. Elle qui regrettait qu'en France ce soit si peu répandu, ou considéré comme un truc vaguement beauf, au mieux ridiculement kitsch. Au fil de la soirée, ils avaient délaissé les refrains entraînants pour des titres de plus en plus sentimentaux. *Ma déclaration*, *Seras-tu là ?*, *Et si tu n'existais pas* : ils avaient tout massacré. Enfin surtout Nathan. Contrairement à son frère cadet il n'avait jamais été doué pour la musique. Ni pour quoi que ce soit d'autre. Ils avaient fini les larmes au bord des yeux, saouls comme des cochons. Des cubis sur pattes qui braillaient du Céline Dion.

Ce n'est qu'une fois dans son lit que Nathan s'était inquiété des appels et des messages qu'avait pu enregistrer son téléphone. Cette fois Lise avait essayé de le joindre à plusieurs reprises et fini par s'en remettre au répondeur. Elle était bouleversée. On l'avait laissé entrer dans la chambre où était hospitalisé son fils, et elle était tombée nez à nez avec son mari, qui en sortait. Gabriel l'avait fait prévenir lui aussi. Mais ce n'était pas l'appel au secours qu'ils avaient espéré. Non, l'œil bandé et peut-être perdu pour toujours, la main droite estropiée, il avait voulu mettre ses parents devant leurs responsabilités. Voilà le pays dans lequel on vivait grâce à des gens de leur espèce. Voilà quel genre de dictateur ils avaient mis au pouvoir. Voilà de quoi leurs votes, leur silence, leur désengagement, leur collaborationnisme passif de vieux sociaux-démocrates étaient les complices. Voilà pourquoi il les avait rayés de sa vie. Leur fils les avait si violemment abreuvés d'insultes que des infirmiers avaient dû intervenir. Lise était sortie de la chambre, anéantie. Et ce que lui avait appris son ex-mari l'avait achevée. Gabriel allait comparaître en justice. Il était accusé d'avoir frappé et insulté des représentants des forces de l'ordre, endommagé des biens publics et participé au pillage de restaurants et de boutiques qu'il avait contribué à mettre à sac. Il refusait de prendre un avocat. Refusait que ses parents l'aident à lui en payer un. Il ne voulait rien d'eux. Et surtout pas leur sale argent de merde.

Lise et son mari avaient quitté les lieux, abasourdis, dévastés. Lui avait décidé de rentrer aussitôt en Bretagne. Quant à elle, elle avait appelé des amis et passait la nuit chez eux. Elle ignorait encore ce qu'elle allait faire. Avant de s'endormir Nathan lui avait envoyé une poignée de textos aussi réconfortants et compassionnels que possible. Il se sentait si merdeux. Il avait tenté de lui présenter des excuses pour n'avoir pas répondu plus tôt. Elle lui avait répondu que ce n'était pas grave. Qu'elle n'était pas seule : c'était l'essentiel. Elle avait des gens à qui parler. Des gens qu'elle aimait, qui l'écouteraient et prendraient soin d'elle – contrairement à lui, avait-il pensé. Elle l'embrassait.

*

Dans le hall d'embarquement, les lumières blanches lui vrillaient le crâne. La foule lui donnait le tournis. Il avait procédé à l'enregistrement, passé les contrôles de sécurité. Tout s'était déroulé à une vitesse inhabituelle. Il lui restait presque deux heures à tuer avant l'embarquement. Le temps d'explorer chaque boutique de fond en comble. Mais il n'avait pas le cœur à ça. Léo aimait tellement ces moments d'attente avant de monter dans l'avion. Il tenait absolument à entrer dans chaque magasin, voulait être sûr de n'en avoir pas raté un. Même Desigual, c'est dire. Et tant pis si dans la plupart il n'y avait rien pour lui. Ni pour son père ni pour personne d'ailleurs. Il aimait aussi s'installer à une table pour manger quelque chose, quand bien même des repas leur seraient servis pendant le vol, quand bien même ni lui ni sa mère ni Nathan n'avaient vraiment faim. C'était comme un rituel à l'issue duquel il finissait toujours par se planter devant les consoles de jeux en libre accès, se saisir des manettes et appuyer au hasard. Il était bien trop petit pour les jeux vidéo. Mais savoir qu'il pouvait contrôler des bonshommes sur un écran l'émerveillait.

— Tu as vu c'est moi qui les fais bouger, répétait-il, les yeux brillants, surexcité.

On aurait dit qu'il avait sniffé de la coke.

Mais il n'était pas là. Jun non plus. Quant à Claire, sa présence à ses côtés dans les allées de l'aéroport Charles-de-Gaulle, dans l'attente d'embarquer pour Osaka, remontait à une autre vie.

En définitive, ce n'était que la troisième fois qu'il effectuait ce voyage seul.

La première il était un homme quitté et il avait rencontré Jun.

La seconde il était un homme affolé et s'était heurté à un mur.

*

Nathan ouvrit les yeux. Il ne savait plus vraiment où il était. Il sortit lentement des brumes et regarda autour de lui. Une salle d'embarquement. Une rangée de fauteuils. Il ne se souvenait pas de s'être assoupi. Ni même de s'être assis. Le dernier truc qu'il se rappelait, c'était d'être passé devant un bar et s'être dit que contre la gueule de bois, mieux valait soigner le mal par le mal. Il avait commandé une bouteille de blanc. Vu le mal de crâne qu'il se payait, il ne devait pas en avoir laissé beaucoup.

Putain. Il n'en pouvait plus de ces annonces. Ils allaient pas fermer leurs gueules ? Toujours ce même numéro de vol qu'on répétait dans les haut-parleurs. Il mit un peu temps à réaliser que c'était le sien. C'était le dernier appel. Il se précipita vers le comptoir où l'hôtesse, une grande rousse plutôt sexy, lui fit les gros yeux. Il la regarda scanner son passeport, vérifier son billet, et mata ses jambes et son décolleté au passage. Il avait toujours eu l'alcool légèrement libidineux.

À l'intérieur de l'appareil tout le monde était installé. Les Japonais étaient nombreux et déjà prêts pour le décollage, couverture déployée sur les genoux. Certains portaient leur masque occultant, le cou calé dans un oreiller de voyage. D'autres trifouillaient dans les programmes de divertissement que proposait la compagnie, en balayant du doigt l'écran fiché dans le dossier du siège devant eux. Seuls les Français étaient encore debout, ouvraient et refermaient les coffres à bagages, échangeaient leurs places, se rasseyaient avant de se relever, parlaient fort et accaparaient le personnel de bord. Ses compatriotes en voyage, et plus particulièrement au Japon, lui faisaient toujours honte. OK, ils étaient à peine plus pénibles, vantards, grossiers, satisfaits d'eux-mêmes et suintant le complexe de supériorité que certains Américains. Mais ils détenaient quand même la palme. Les commentaires qu'ils faisaient sur tout, leur impolitesse, leur manque d'éducation, leur prétention, leur racisme, leur mentalité de colons. Nathan avait honte qu'on le tienne pour un des leurs. Et ne s'expliquait pas que les Français jouissent pourtant à Kyoto d'une telle cote de sympathie. Répondre *I'm French* à la question *Where are you from* vous valait invariablement sourires et soupirs de contentement. Les yeux brillaient à l'évocation de

Paris, de la Provence, du Mont-Saint-Michel et de quelques-unes de nos célébrités ou de nos marques connues dans le monde entier. C'était complètement immérité mais c'était ainsi. Il n'y avait pas plus surfait que nous, comme peuple, si vous vouliez son avis.

Il progressa vers l'arrière de l'appareil. Dieu merci il était placé en bout de rangée et à côté de deux vieux Japonais. Le couple, qui revenait de voyage, le salua avec chaleur. De l'autre côté de l'allée, sa voisine la plus proche s'avéra être le sosie de la chorégraphe et danseuse Kaori Ito. Peut-être même était-ce elle. Jun et Nathan l'avaient vue danser à de nombreuses reprises. Ne manquaient aucune de ses créations. Il leur était même arrivé de venir à Paris uniquement pour la voir. Il lui lança un sourire appuyé au cas où. Elle le regarda comme s'il était dingue. Ou un genre de pervers. La voix du commandant de bord s'éleva. On était jeudi. Il était dix heures. Comme deux mois plus tôt. Nathan consulta l'écran. La liste des films n'avait pas changé.

*

Il débarqua dans un état second. Comme deux mois plus tôt, aussi, il avait trop bu pendant le vol. Ajoutez à ça le manque de sommeil, le décalage horaire, l'excitation, l'espoir, l'angoisse, la terreur et tout semblait flotter autour de lui. Les couloirs de l'aéroport. La grande salle où il faisait la queue pour les contrôles habituels : présentation du passeport et de la fiche de renseignements dûment remplie pendant le trajet, prise des empreintes et photo du visage. Tout était nimbé de coton. Tout se superposait. Tout se confondait. Cette arrivée à Osaka et la précédente qui n'avait débouché sur rien, sinon des journées entières à hanter les rues d'Arashiyama et de Sagano, à patienter devant la maison des parents de Jun sans jamais les croiser, comme s'ils s'étaient volatilisés eux aussi ou restaient terrés à l'intérieur jusqu'à ce qu'il se lasse ou disparaisse. Des journées entières à traîner aux abords de l'Institut franco-japonais du Kansai ou dans le centre-ville, à faire la tournée des lieux qu'aimait fréquenter Jun. Boutiques, cafés et restaurants. Microsalles de concerts en sous-sol, salons de karaoké au rez-de-chaussée, bars branchés dans les étages. Des soirées hébétées à boire avec Arthur et Clément Tellier, qui eux aussi se heurtaient au silence, à l'effroi, à la douleur. Qui avaient fini par embaucher un détective privé après que les recherches entreprises par l'équipe de l'hydrologue avec qui Nathan les avait vus discuter n'avaient rien donné. Leurs relations avec la police locale en étaient arrivées au point de rupture. Les enquêteurs les avaient sommés de les laisser travailler en paix maintenant, de cesser de les harceler et de faire pression dans les médias. En haut lieu on frisait l'incident diplomatique.

Il leur fallait passer à autre chose. Employer d'autres moyens. Ils conseillaient à Nathan d'en faire autant.

Comme deux mois plus tôt il passa les contrôles sans encombre. Mais il était beaucoup plus fébrile. Il tremblait un peu et dut s'y reprendre à plusieurs fois pour enregistrer ses empreintes. Il suait à grosses gouttes, essayait d'interpréter les mimiques du douanier qui consultait son passeport puis son ordinateur. Il ne lui paraissait pas absurde de craindre qu'on lui interdise l'accès au territoire. Après tout son précédent séjour au Japon s'était soldé par une confrontation avec les flics. Ils lui avaient vivement conseillé de quitter le pays sans faire d'histoires. Ce qu'il avait fait dans un état de panique totale, à bout de nerfs et de forces, juste après avoir pris contact avec Muro – un type à la chevelure bouclée et à l'extravagante chemise hawaïenne, qu'il avait rencontré la veille de son départ dans le hall d'un grand hôtel d'Osaka ; il lui avait exposé son cas, le détective avait tempéré ses espoirs avant de lui parler de ses honoraires.

Ils étaient quatre, parlaient un anglais sommaire et l'avaient alpagué au bout de la rue où vivaient ses beaux-parents. Nathan avait eu du mal à tout comprendre. Mais en gros ils le sommaient de s'expliquer sur sa présence en ces lieux : une voisine leur avait signalé ses multiples passages dans la rue, ses longs stationnements face à la maison des parents de Jun, ses coups de sonnette… Il avait répondu la vérité : sa compagne avait quitté la France avec son fils et il était sans nouvelles. Il savait qu'elle se trouvait au Japon et il cherchait à entrer en contact avec ses beaux-parents, qui avaient peut-être des informations. Les flics avaient hoché la tête à chacun de ses mots. Ils avaient l'air contents. Visiblement Nathan leur facilitait la tâche. Ils lui avaient fait signe de les suivre et d'embarquer dans leur véhicule.

Ils avaient roulé jusqu'au petit poste de police d'Arashiyama. On y avait pris ses empreintes, enregistré son numéro de passeport et sa déposition. Le type qui l'avait interrogé l'avait bien asticoté. Selon lui un témoin prétendait que Nathan s'était introduit dans la propriété de ses beaux-parents. On l'avait vu escalader le portail et entrer dans le jardin, faire le tour de la maison et tenter d'y pénétrer. Ça constituait une infraction caractérisée. Abasourdi, Nathan avait nié vigoureusement. C'était faux. Il n'avait pas escaladé ce foutu portail, n'était pas entré dans leur jardin de merde, n'avait pas approché leur putain de maison. Il s'était contenté d'essayer de les apercevoir depuis la rue, de les guetter. Bien sagement. Il avait le droit, non ? Apparemment le flic n'était pas de cet avis. Et c'est là qu'il avait parlé des plaintes qu'il avait reçues de la part des propriétaires eux-mêmes. C'est là aussi que Nathan avait compris que ses beaux-parents étaient bien chez eux depuis tout ce temps, qu'ils s'étaient sans doute préparés à sa venue, qu'ils étaient au courant de tout et avaient fait les morts, terrés dans leur demeure. Là qu'il avait réalisé qu'il n'avait pas rêvé en croyant voir les rideaux bouger à la fenêtre de l'ancienne chambre de Jun.

Puis on l'avait relâché après lui avoir fait promettre de ne plus mettre les pieds dans le quartier s'il ne voulait pas avoir de problèmes plus sérieux. Ce n'était qu'un premier avertissement. Au moindre signalement, à la moindre récidive, ils seraient moins cléments. Ils n'hésiteraient pas à le coffrer. Nathan ne souhaitait sans doute pas en arriver là, n'est-ce pas ? S'ils étaient lui, ils quitteraient le pays sans tarder. Ils ne l'étaient pas, mais il les avait écoutés quand même.

Au guichet de la compagnie de taxis, on lui confirma que sa réservation était bien enregistrée et on le fit patienter un moment avec un groupe de touristes qui comme lui débarquaient à peine. S'il comprenait bien il allait partager une voiture avec eux. Ils avaient l'air presque aussi crevés que lui mais sur leurs visages, c'était quand même la joie d'être là qui dominait. La hâte qu'ils avaient de découvrir Kyoto et ses environs. Après quoi ils mettraient le cap sur Tokyo et agrémenteraient leur séjour d'une escapade dans la ville thermale d'Hakone pour voir le mont Fuji, suspendus dans le ciel à bord d'une télécabine reliant les sommets de deux monts surplombant un grand lac. Nathan valida même s'il n'en avait rien à foutre. Et passa le trajet la tête collée contre la fenêtre, incapable de trouver le sommeil alors qu'il était complètement claqué, le crâne farci de souvenirs. Jun en yukata dans une chambre d'hôtel à Hakone. Jun nue dans l'onsen privatif qui se dressait sur la petite terrasse. Jun étendue sur le futon, les jambes écartées. Ses petits seins dans sa bouche. Sa queue dans la sienne. Sa langue parcourant sa chatte. Il avait fait gris pendant tout le séjour. Le mont Fuji était resté planqué dans les nuages.

*

Akira Muro lui avait donné rendez-vous chez Mo An, un café perdu dans la forêt qui recouvrait la colline Yoshida. Le détective se méfiait et avait préféré s'éloigner autant que possible d'Arashiyama. Et même du centre-ville. L'endroit était insoupçonnable. Seulement connu des habitants du quartier et de quelques Kyotoïtes bien informés. Une adresse qu'on se murmurait à l'oreille. Pourtant le détective n'avait pas cru bon de lui demander s'il la connaissait. Ça semblait aller de soi à ses yeux. Mais c'était son métier après tout. Pourquoi aurait-il fallu s'étonner qu'il sache que Nathan y avait eu ses habitudes, du temps de Claire et de la maison orange accolée au petit temple.

C'était une bâtisse de bois sur deux étages, généreusement vitrée et cernée d'arbres immenses. On ôtait ses chaussures au rez-de-chaussée pour gravir l'escalier étroit qui menait à une grande salle baignée de clarté, blonde des planchers au plafond en passant par les meubles, et contaminée par la verdure environnante. Nathan repéra tout de suite le détective, installé à une table isolée, près des grandes fenêtres. N'étaient ses cheveux bouclés, l'homme se fondait parfaitement dans le paysage. La soixantaine grisonnante, un mètre soixante-dix, tout à fait semblable à la plupart des Japonais de son âge avec son pantalon de toile beige, son blouson écru et sa casquette de base-ball. Il avait troqué sa chemise hawaïenne (très Osaka) pour un modèle à carreaux (plus kyotoïte) et son bâton de marche était calé contre une étagère bourrée de livres pour enfants. Il fit signe à Nathan de s'asseoir et poussa une enveloppe vers lui.

— Voilà, commença-t-il dans son anglais parfait. Tout est là-dedans. Soyez rassurés, ils vont bien tous les deux. Le petit va à l'école. La mère a retrouvé du travail. Mais ils ne sont plus à Kyoto depuis longtemps. Ils n'y sont restés qu'une journée. Puis ils sont partis pour Miyajima. Ils ont d'abord logé dans une auberge. Deux semaines environ. Le temps de vérifier que tout se passait bien au travail. Jun a été embauchée dans un atelier de céramique très bien placé dans la rue commerçante. Un très bel endroit, vous verrez. C'est une ancienne apprentie de l'atelier de Sagano, avec qui elle a travaillé à une époque, qui l'a ouvert.

Muro fit une petite pause avant de poursuivre. Commanda un thé au miel et au yuzu. Nathan ne releva pas la coïncidence. Claire prenait toujours ça ici elle aussi. Le détective avala une gorgée puis reprit sur un rythme plus lent. Il choisissait ses mots avec soin. Y allait en douceur. Ne voulait pas faire de peine à Nathan. Mais il valait mieux qu'il sache : tout cela était prévu de longue date.

— Jun a réservé son vol et son hôtel dès cet hiver. Juste après avoir obtenu de son ancienne collègue une promesse d'embauche suffisamment ferme. Il faut que vous sachiez aussi qu'en Bretagne certaines de ses amies japonaises étaient au courant de ses projets depuis le début. Elles sont toujours en contact avec elle et la tiennent informée de vos démarches. Quand vous êtes parti sur ses traces la première fois, elle l'a su avant même que votre avion ne décolle. Elle sait sûrement que vous êtes de retour. Mais peut-être pas encore que vous savez où elle se trouve. C'est peut-être votre chance, Nathan-san. Même si je préfère être honnête avec vous. Je vous l'ai dit dès le départ. Les retrouver n'est qu'une étape.

Une étape importante, certes. Mais rien ne garantit que Jun se montre conciliante. Rien ne l'y oblige.

Sur ces mots le détective vida sa tasse de thé et Nathan lui tendit une enveloppe à son tour, remplie de billets celle-ci.

— Et Alizée ? demanda-t-il alors que Muro allait pour se lever.

— Je ne peux rien vous dire. La discrétion, dans mon métier, vous comprenez... Mais Arthur et Clément sont là depuis hier. Vous leur demanderez si vous les croisez. Même si je vous déconseille fortement de vous rendre dans le quartier d'Arashiyama.

Akira Muro prit congé et Nathan le regarda s'engouffrer dans l'escalier, disparaître et le laisser à son désarroi, dans ce café qu'on aurait cru perché dans un arbre, inondé de flaques de soleil, où discutait à mi-voix une clientèle parfaitement raccord avec les lieux. Jeunes femmes élégantes au sourire délicat, jeunes hommes aux petites lunettes rondes armés de romans, de recueils de poésie, de carnets de dessin ou d'ordinateurs, couple entre deux âges profitant d'une halte au milieu d'une promenade de temple en temple, touristes émerveillés revenant du pavillon d'argent et s'apprêtant à rejoindre le fleuve en marchant au hasard parmi les rues calmes semées de squares, de cafés et de boutiques éparses, librairie, fleuriste, boulangerie... Nathan les envia, tous. Ils ne connaissaient pas leur bonheur. Ou peut-être que si après tout. Et que c'était pour ça justement qu'ils en profitaient.

Il ouvrit l'enveloppe le cœur battant. Elle contenait des photos de Jun et de Léo à Miyajima qui le minèrent – ils avaient l'air si heureux, si normaux, si bien sans lui. Un plan. Et une fiche où figurait une série d'adresses. Celle de l'atelier où elle travaillait. Celle de la maison. Celle de l'école – un établissement privé qui dépendait de la plus importante secte bouddhiste de l'île. Un instant Nathan se demanda comment Léo pouvait bien s'y débrouiller. Le petit ne parlait qu'un japonais de fortune. Il essaya de l'imaginer au milieu de ses camarades, ne saisissant pas le quart de ce qu'ils disaient, et moins encore des mots que prononçait l'institutrice. Il essaya de se figurer la vie de son fils, seul avec Jun, sur cette île où il ne connaissait personne. Il s'imagina lui manquer. Il s'imagina ne pas lui manquer. Et son cœur se comprima. À la fin l'organe avait la taille d'une noix.

*

Nathan dévala la colline et longea la maison orange accolée au petit temple. Ce n'était pourtant pas le moment de revenir sur ses propres traces. De se laisser envahir par le passé. De se livrer à la nostalgie.

Il le savait mais ne put s'en empêcher.

Par les fenêtres du salon il croisa le regard d'un couple d'Occidentaux. Sûrement des Français. La trentaine. Tout beaux tout neufs. Ken et Barbie. Ils consultaient des cartes, des guides, esquissaient les contours de l'expédition du jour. La femme ressemblait un peu à Claire. Et l'homme à celui qu'était Nathan dix ans plus tôt, dans cette même maison. Enfin si on n'était pas trop regardant. Si on n'était pas trop cruel avec lui. C'était comme se retrouver plongé dans son passé et le regarder se dérouler de l'extérieur, en spectateur. Retour vers le futur. *Call me McFly*.

Il poursuivit son chemin et descendit la rue jusqu'au boulevard, les yeux rivés sur le grand kanji de l'est. Le soleil dorait les collines et caressait les ruelles. Tout semblait paisible et doux. Les alignements de petites maisons, les pins taillés, les camélias, les échoppes à la décoration soignée, les squares aux agrès de métal colorés où jouaient les enfants. Le bois des façades tirant vers le rouge. Il marchait comme en apesanteur, dédoublé, engourdi, comme dans un rêve. Il était seul et il était avec Claire. Jun lui tenait la main puis il portait Léo dans ses bras, sur ses épaules. Sur le chemin de la philosophie il s'arrêta pour boire un thé en terrasse. Des jeunes femmes en kimono trottinaient le long du canal, se photographiaient sous les cerisiers, tandis que les touristes les mitraillaient avec leurs iPhones. Des mères se baladaient avec leurs enfants, qui s'arrêtaient tous les trois mètres pour regarder de plus près une fleur, un insecte, s'amuser de l'ours en peluche qui faisait mine de pêcher dans le canal. La vie passait. La vie continuait. Elle n'en avait rien à foutre de ses petits ou de ses grands malheurs. Rien à foutre de ses espoirs. Rien à foutre de ses angoisses.

Il profita du wifi pour consulter les horaires de shinkansen pour Hiroshima, nota le numéro de la ligne de train menant à l'embarcadère d'où partaient les ferries pour Miyajima – l'île des Dieux, comme on l'appelait aussi. Soudain son téléphone se mit à vibrer. C'était Lise. Il prit l'appel et son visage apparut sur l'écran. Pour un peu il en aurait chialé. Elle avait l'air un peu triste mais il la trouva émouvante et belle avec ses petites rides en étoiles au coin des yeux. En France c'est le petit matin, lui dit-elle. Elle était rentrée en Bretagne la veille au soir, après avoir de nouveau tenté de voir son fils. Mais la chambre était vide. Gabriel avait pris la fuite. Les médecins étaient inquiets. Et affligés. Son œil et sa main nécessitaient des soins. Ils avaient dû prévenir les autorités. Le jeune homme était désormais recherché. Lise s'était précipitée à la seule adresse qu'elle détenait. Là un type l'avait envoyée balader. À ses dires Gabriel ne vivait plus ici depuis plusieurs semaines. Il n'avait pas eu de ses nouvelles depuis son départ et ne souhaitait plus en avoir.

— Apparemment Gabi lui a piqué des trucs en partant. Des vêtements. De l'argent. Dieu seul sait où il peut bien être maintenant. Où il se planque. Et dans quel état.

Sur l'écran il vit Lise s'effondrer en sanglots. Puis s'excuser de le saouler avec ses problèmes, alors qu'il y avait tant de motifs pour lui de se réjouir : il savait exactement où était Léo, il allait le revoir dans quelques heures, il allait pouvoir parlementer avec Jun, la convaincre de revenir à la raison, trouver un arrangement. Au pire il pourrait obtenir que Léo vienne en France pendant les vacances. Elle était si touchante avec son sourire baigné de larmes. Si attentionnée de penser à lui, à ses craintes et à ses espérances après ce qu'elle venait de subir. Il aurait tant voulu pouvoir la serrer dans ses bras. À défaut il régla l'addition et la fit se promener un peu. Il filmait pour elle. Elle le suivit le long du canal, dans les ruelles de maisons basses, le long des murets blancs couronnés de tuiles courbées, sous les érables et les camphriers, au pied des collines et dans les allées des jardins délicats. Il la guida dans les couloirs des temples, au beau milieu des salles de prière face aux jardins secs, à l'ombre des pagodes. Cadra pour elle l'eau des étangs parsemés de nénuphars où l'on devinait des carpes multicolores, les racines courant sur la mousse, les roches figurant des îles, des montagnes, des pays, des continents entiers. Puis la communication s'interrompit brutalement. Son forfait venait d'exploser en vol. La visite guidée allait lui coûter bonbon. Même Orange ne préférait pas voir ça. On lui proposait de cliquer là et là s'il voulait continuer. Des liens lui promettant de renouer avec la 4G pour des sommes scandaleuses. Il rangea l'appareil dans sa poche et espéra que Lise avait aimé la promenade. Que toute cette beauté l'avait un peu consolée. Lui-même n'était plus si sûr d'y croire. Ça avait toujours été son mantra pourtant : la beauté console de tout. Toute sa vie il s'était réfugié dans les films, les livres, la musique, un paysage, un visage. Toute sa vie il l'avait traquée partout où elle pouvait se nicher. Et où tout cela l'avait-il mené ? Il avait quarante ans passés et les deux femmes de sa vie l'avaient fui. Il était parti au bout du monde pour tenter d'apercevoir son fils et ce serait peut-être la dernière fois avant longtemps. Peut-être la dernière fois tout court. Il avait laissé derrière lui Lise qu'il connaissait à peine et dont il échouait déjà à prendre soin, un cinéma qui fonctionnait très bien sans lui, un futur neveu ou une future nièce qu'il ne verrait qu'une ou deux fois par an et une maison d'enfance au paysage dévasté. Un bilan d'étape assez mitigé, on le lui accorderait.

La mer Intérieure

Le shinkansen approchait d'Hiroshima. Nathan ne s'était jamais attardé dans la ville elle-même. N'avait jamais fait qu'y transiter avant de longer la mer Intérieure pour en rejoindre les îles. Il ne se sentait pas beaucoup plus reposé que la veille. Il s'était couché tard et après ça il avait peu dormi. Arthur et Clément Tellier lui avaient donné rendez-vous dans un bar près de la Kamo, à deux pas de la station Demachiyanagi. Ils étaient plus abattus que jamais. Les recherches de Muro ne menaient à rien. Le détective avait remis la main sur le couple allemand avec qui Alizée avait pris son petit déjeuner le jour de sa disparition, mais ces gens n'avaient rien eu à lui apprendre. Sinon qu'elle leur avait conseillé diverses excursions et détaillé son programme du jour. Selon eux, elle comptait flâner dans les jardins du Tenryu-ji, traverser la forêt de bambous, sillonner les rues de Sagano jusqu'à l'Adashino Nenbutsu-ji, le cimetière des pauvres, puis rebrousser chemin pour repiquer à travers la campagne et rejoindre le Daikaku-ji et son étang. Le parcours classique. Nathan l'avait fait lui-même des dizaines de fois. Souvent avec Léo. Une petite expédition père fils des familles. Chaque fois qu'ils arrivaient au dernier temple, la même femme et la même petite fille se baladaient dans les jardins. C'en était devenu troublant. Presque louche. Ça se reproduisait à chacun de leurs séjours à Kyoto. À force, au fil des visites, ils avaient fini par sympathiser. C'était toujours la même scène. Nathan s'asseyait dans l'herbe, Aiko l'imitait, et ils bavardaient un moment en regardant jouer leurs gamins. Les deux gosses n'avaient pas besoin de mots pour se comprendre. Accroupis l'un à côté de l'autre ils fouillaient dans les herbes, laissaient dériver des bouts de bois et des feuilles de camélia sur la surface lisse de l'étang, collectionnaient des cailloux pourtant ordinaires, observaient les grues immobiles sur leurs rochers, hurlaient de joie quand elles prenaient leur envol, traçaient des dessins dans le sable du sentier, se cachaient à la vue de l'autre parmi les bambous dont la largeur ne suffisait pas à les camoufler. Ils avaient vraiment l'air de s'éclater. Léo prétendait que la fillette était sa meilleure amie. Même en France, il parlait à tout bout de champ de la petite Amane et tannait son père pour aller la retrouver.

Muro avait aussi tenté de débroussailler cette histoire de pancarte conseillant aux visiteurs d'un sanctuaire shintoïste niché dans la forêt de rester sur leurs gardes. Là encore la piste s'était avérée décevante. L'affiche était vieille de plusieurs années. Depuis, le fauteur de troubles, un exhibitionniste, avait quitté la ville. Le détective avait retrouvé sa trace à Yokohama, où il était employé dans un lycée en tant qu'agent d'entretien. Là-bas des étudiantes s'étaient plaintes de son comportement mais la police rechignait à y donner suite.

— Ils rechignent à beaucoup de choses, en fait, avait conclu Clément en finissant son troisième verre de whisky. Mais on perd pas espoir. Ils ont enfin accepté que des flics français viennent sur place mener une enquête conjointe. Ça fait des semaines qu'on le réclame. Le dir' cab de Macron me l'a promis quand je l'ai rencontré. Bon. Ça a été vite. Comme quoi j'ai bien fait. C'est toujours pareil. Si tu mets pas les médias dans la boucle, rien n'avance.

En attendant, les recherches, menées toujours plus loin en amont et en aval de la Katsura, s'étaient à chaque fois révélées vaines. De nouvelles battues avaient été organisées avec l'aide d'un collectif de citoyens japonais qui s'était formé à la suite de leurs derniers appels à l'aide sur Internet. Le périmètre en avait été considérablement élargi mais aucun des objets qui avaient été recueillis (téléphones, sacs à dos, portefeuilles, foulards, gants, carnets de notes, un sextoy…) n'appartenait à Alizée.

— Et la scierie ? avait tenté Nathan. Si j'ai bien compris les caméras l'ont vue entrer dans la forêt de bambous et ne jamais en ressortir… Y a rien à part la scierie et le sanctuaire des amoureux, là-dedans.

— Bien sûr on y a pensé. On y pense depuis le début. On a essayé plusieurs fois d'y entrer, d'interroger les gens qui y travaillent, mais à chaque fois on nous a virés. Propriété privée. Dès qu'on en parle aux flics ils haussent les épaules ou font mine de pas entendre. Pareil que pour l'hôtelier. Peut-être que les enquêteurs français obtiendront quelque chose, eux. Muro a réussi à parler à plusieurs employés. Mais ça n'a rien donné. Personne ne l'a vue et les mecs ont l'air réglos. De gentils pères de famille, des ouvriers sérieux, sans histoire.

Tout cela était désespérant. Où que se porte le regard c'était l'impasse. Le silence complet. La nuit noire. Ils avaient fini de vider la bouteille et s'étaient souhaité bonne chance. Ils étaient aussi saouls qu'on pouvait l'être et n'avaient rien d'autre à quoi se vouer.

*

Cette fois encore, il ne verrait rien à Hiroshima. Rien sinon les quais, les tunnels et quelques immeubles tandis que le train s'en éloignait pour rejoindre la petite ville portuaire d'où partaient les ferries. En sortant de la gare, il descendit jusqu'au port. C'était une rue de petits immeubles à l'architecture hétéroclite et de boutiques vieillottes, que reliaient en grappes arachnéennes d'épais câbles électriques. Le front de mer était sans charme. Une grande digue de béton longeait une plage au sable gris et semé de cailloux. Et le port lui-même était réduit à sa stricte dimension fonctionnelle. Impossible ici de deviner qu'atteignant le large l'eau prendrait une teinte turquoise éblouissante. Et que loin de la ville la mer Intérieure révélerait une surface lumineuse parfaitement lisse et suave, jonchée d'îlots bombés recouverts de végétation et ceints de sable doré. Même à quelques encablures de Miyajima, alors que l'île commencerait à peine à se dévoiler, toute cette beauté serait encore insoupçonnable. Comme s'il fallait emprunter un passage. Un sas. Qui vous menait d'un monde à l'autre. Une porte pour le paradis.

Une fois à bord Nathan ferma les yeux et se laissa bercer par le roulis. Le vent léger et les embruns le caressaient. Il respira profondément, cherchant au fond de lui une quiétude inaccessible. Mais il était si près du but maintenant. L'anxiété avait pris le dessus et lui dévorait le bide. Il parvint à somnoler malgré tout.

C'est l'agitation sur le pont qui le fit revenir au monde. On approchait et les passagers se massaient pour photographier l'apparition de l'île. Un immense torii rouge en signalait la dimension sacrée. Il avait l'air de flotter sur l'eau. On devinait à sa gauche un grand sanctuaire sur pilotis. Lui aussi paraissait posé sur la mer. Tout semblait avoir soudain changé de couleur ou subi l'effet d'un filtre, comme pour mieux accréditer la légende : on entrait bien dans la foutue demeure des dieux.

Le ferry amorça le contournement de l'île. On y débarquait par l'ouest. Quelques daims accueillaient les voyageurs. On en croisait partout à Miyajima, en liberté, dans les rues, les jardins, sur la plage, dans les boutiques, même, parfois. Eux aussi étaient sacrés. Comme à peu près tout sur l'île. Les arbres, les plantes, les bestioles, la moindre roche, le moindre grain de sable. Tandis que les autres passagers se massaient devant les guichets d'information et les panneaux présentant des cartes illustrées des lieux, Nathan emprunta une rue bordée d'hôtels et de stands de nourriture locale. Un peu plus loin, en retrait du front de mer, de la plage et du sanctuaire, le centre-ville consistait en deux artères reliées à intervalles réguliers par de minces ruelles. On y trouvait des boutiques et des restaurants, un bureau de poste, un commissariat de police et pas grand-chose d'autre. Un peu plus haut se dressait une école. À la faveur d'une rue perpendiculaire on en devinait les bâtiments. Nathan songea qu'en ce moment même son fils devait y être. Il poursuivit son chemin et repéra de loin l'atelier de céramique. Muro n'avait pas menti. Sa situation, tout au bout d'une des deux rues principales et non loin de la plage, était idéale. Tous les visiteurs de l'île passaient par là à un moment ou à un autre de leur excursion. Que ce soit pour aller visiter le sanctuaire ou retourner à l'embarcadère, et même pour gagner le départ des sentiers de randonnée qui menaient au sommet du mont Misen, l'ancien volcan recouvert de forêt primitive qui occupait la quasi-totalité de l'île. De là-haut, la vue sur la mer Intérieure et sa litanie d'îles intactes, totalement sauvages pour la plupart, était totalement démente. C'était presque trop. D'une beauté difficile à assimiler. Qui pouvait vous faire croire en Dieu si vous n'y preniez pas garde.

Nathan fit un crochet pour éviter de passer devant l'atelier et de se faire repérer, prit trois ruelles étroites et déboucha aux abords du sanctuaire. Les touristes étaient nombreux et les daims affairés à fouiller dans leurs sacs où à les solliciter du bout du museau. Il longea le monument et ses longues galeries vermillon, sa scène de théâtre nô flottante, ses larges terrasses de bois vernis, pour rejoindre la grande portion de sable concave que léchait la mer étale. Sous les grands pins se tenait un petit restaurant de poisson où ils avaient déjeuné chaque fois qu'ils étaient venus ici avec Claire. Ironiquement, Nathan n'avait jamais mis les pieds sur l'île avec Jun. Rien que la perspective lui arrachait son rituel petit sourire de commisération. Bien sûr, en soi, l'endroit était magnifique. Mais à l'entendre le tourisme de masse l'avait réduit à l'état de carte postale, de cliché. Personnellement Nathan s'en fichait. Il n'avait jamais été très sensible à ce genre d'argument. Dans des lieux comme celui-ci peu lui importaient les autres et ce qu'ils en retiraient. Il était tout à fait capable d'en faire abstraction. Que ce soit à Kyoto, à Venise, en Bretagne ou ailleurs. Les autres visiteurs ne lui enlevaient rien. Il ne voyait pas en quoi il valait mieux qu'eux.

Il n'y avait pas grand monde en terrasse, ni à l'intérieur de l'établissement. La clientèle était principalement composée de vieux habitués. Il commanda une bière à une petite femme en tablier et à la dentition rudimentaire. Les cheveux recouverts d'un fichu, voûtée au point de sembler pliée en deux, on aurait dit un origami humain. Il sortit de son sac l'enveloppe que lui avait donnée le détective, et le carnet où étaient notées les coordonnées de l'auberge. Il y avait réservé une chambre pour trois nuits, sans savoir s'il aurait besoin d'y rester plus, ou moins au contraire. Sur le plan détaillé que lui avait remis Akira Muro, il essaya de repérer la maison où vivaient désormais Jun et Léo.

Pour ce qu'il avait pu en voir sur Google Maps, il s'agissait d'une construction de bois traditionnelle située dans une rue en lisière de la forêt, et en surplomb de la plage où il sirotait sa Kirin en cet instant même. Il hésitait sur la marche à suivre. Tenter d'apercevoir Léo dans la cour de l'école. Se pointer à l'atelier. Patienter jusqu'à ce qu'ils rentrent chez eux et les choper là-bas. Il réfléchit un moment. Pesa le pour et le contre en sifflant sa bière. Finit par opter pour la troisième solution et alla s'étendre sur la plage.

Quel bonheur. Ce con d'Alfonso ne connaissait rien à la vie. Le sable était fin et chaud, et le soleil lui cuisait le visage en bon camarade, égalitaire. Nathan ferma les yeux. L'air était si doux. Pas seulement sa température. Sa texture elle-même. Il avait toujours cette sensation dans ce pays. L'air lui semblait fait d'une matière différente. Plus veloutée. Plus épaisse. Plus caressante. Et le temps lui-même lui paraissait battre sur une autre pulsation, légèrement plus lente, apaisée, optimale. C'est ce qu'il aimait plus que tout dans le cinéma japonais. Cet autre rythme, légèrement ralenti, plus posé, plus juste. Plus raccord avec la vie elle-même. Il sentit soudain quelque chose heurter ses mollets et ouvrit les yeux. La lumière franche l'aveugla. Un type le surplombait. Nathan se redressa un peu, fit une visière de ses mains. C'était un flic. Un vieux flic qui lui souriait. Il sentit sa gorge se nouer. Putain.

On n'y était quand même pas déjà ? Il n'avait même pas aperçu Léo. Pas échangé un mot avec Jun.

Il se leva et interrogea le policier du regard. Ses mains tremblaient. Du menton l'officier lui désigna son sac. Nathan avait dû le laisser entrouvert : il était béant à présent et la moitié de son contenu en avait été sorti et réduit en charpie. Le flic lui désigna un daim qui baissait la tête à quelques mètres de là, l'air coupable. Puis il lui conseilla de faire attention, avant de s'éloigner. Nathan sentit tout son corps se relâcher, l'air se remettre à circuler de sa bouche à sa poitrine, et il réalisa que pendant tout ce temps il avait cessé de respirer. Il entreprit de réunir les affaires qui lui restaient. Le dossier du détective, son carnet. Les photos de Jun et Léo étaient déchiquetées, son portefeuille et ses vêtements mollement mâchés et son passeport couvert de bave. Saleté de bestioles. Sacrées, sacrées… Fallait le dire vite. Sacrément casse-couilles, oui.

Il rangea tout dans son sac et veilla à le fermer hermétiquement cette fois. Puis il passa une heure à tenter de rassembler les morceaux de papier éparpillés dans le sable. Un puzzle impossible à compléter. Il ne parvint pas à recomposer le plan. Quant à l'adresse exacte de la maison elle devait nager dans l'estomac de la bête.

Quand il quitta la plage, la mer était descendue. Le sanctuaire ne flottait plus sur l'eau mais quelques mètres au-dessus du sable. Au pied du grand torii ne subsistait qu'une mince couche liquide. Un banc de sable la coupait en deux, où s'avançaient des promeneurs. La lumière était plus rasante maintenant, et la mer brillait comme un miroir. Au loin la côte ne se résumait plus qu'à des ombres brumeuses. À l'est de l'île les premiers contreforts du volcan couverts de cèdres, de pins et d'érables n'étaient plus qu'une grande masse sombre et hérissée. Nathan marcha vers le village, laissant derrière lui la plage et le restaurant de poisson. Au passage, la vieille femme origami le salua en souriant. Puis elle se mit à hurler pour chasser les deux daims qui s'aventuraient dans ses cuisines. Elle faisait de grands gestes et produisait des sons effrayants. On aurait dit une sorcière. Ou un yokai.

Nathan marchait à contre-courant. Un flux constant de visiteurs se dirigeait vers le débarcadère pour attraper le prochain ferry. D'autres regagnaient leurs hôtels. Au bout de la rue commerçante, la plupart des établissements commençaient à fermer. L'atelier de céramique n'allait pas tarder à le faire lui aussi. Il se planqua derrière un présentoir de la boutique d'en face pour observer la vitrine. Il y avait encore quelques clients. Jun, en blouse de travail, souriait en désignant tel ou tel objet à son interlocuteur, puis se dirigeait vers le comptoir pour emballer les tasses et les bols choisis. C'étaient toujours les mêmes manières délicates, les mêmes gestes précis, les mêmes expressions sur son visage émouvant. Nathan encaissa le choc comme il put. Il eut l'impression de la revoir le jour où ils s'étaient rencontrés. Il se demanda ce qu'elle pouvait bien trouver à faire ici, après le travail. Il n'y avait rien sur cette île. Pas question de suivre des cours de français avant d'aller boire un verre au centre-ville. Nulle part où danser. Pas de club en sous-sol où écouter du rock. Pas de salon de karaoké. Elle devait s'emmerder ferme. Ça ne lui ressemblait pas. Nathan regarda les derniers clients quitter la boutique tandis qu'elle les saluait en inclinant son corps à plusieurs reprises. Et il réalisa que ses réflexions n'avaient aucun sens. Après tout, depuis qu'elle avait quitté Kyoto pour le suivre en France, sa vie n'avait pas été si différente de celle qu'elle devait mener ici. La présence de la mer. L'afflux et le reflux des touristes. La ville semblant parfois flotter dans ses propres vêtements, légèrement fantomatique, incertaine, comme prise dans les brumes. Ou bruissant de vie au contraire. Le travail à l'atelier. Léo. Les amis qu'elle avait dû se faire comme elle s'en était fait en Bretagne. Oui, c'était peu ou prou la même vie. Celle que Nathan l'avait en partie contrainte à mener.

À la différence près que maintenant il n'en faisait plus partie. Qu'elle l'avait rayé du paysage.

Le dernier client venait de partir. Jun ferma la porte à clé. Puis il la vit s'affairer à la caisse, pendant que sa collègue réordonnait les rayonnages. D'après son expérience, elle en avait pour une bonne demi-heure. Après quoi elle irait chercher Léo à l'école. Et ils rentreraient chez eux.

*

La rue longeait la forêt vierge. Plus haut il n'y en avait pas d'autres. Juste des sentiers sinuant parmi les fougères exubérantes et les arbres immenses que reliaient des lianes épaisses et d'interminables toiles d'araignée. Peu à peu les bâtiments se raréfièrent, la route se fit plus étroite et Nathan eut la sensation de remonter le temps. Aux façades crépies de bâtisses à terrasses et étages succédaient des maisons de plus en plus petites et anciennes. À mesure qu'il avançait les bois gagnaient et recouvraient tout. Ce n'étaient plus que machiya aux fenêtres opacifiées par des croisillons tendus de papier blanc, dont les jardins se résumaient aux prémices de la forêt voisine. Seuls quelques pins taillés, une poignée de camélias ou de pruniers du Japon en devanture trahissaient la main de l'homme dans l'ordonnancement sauvage des lieux.

Au pied des maisons s'organisaient des jardins en pot, patientaient des bicyclettes, des tanukis miniatures, des bouddhas de pierre et des bouteilles d'eau réservées à l'arrosage. Ici et là traînaient un jouet, une paire de bottes en caoutchouc, un ballon. Nathan les ausculta, y chercha un indice. Mais il ne trouva pas trace de Jun ni de Léo.

Bientôt il arriva à proximité des dernières habitations. Plus loin, la rue se muait en chemin de terre et s'enfonçait dans la forêt. Il hésita. Il n'était plus sûr de rien. S'il se souvenait bien, leur maison était la dernière de la rue. Mais de quel côté ? Et puis après la dernière, il semblait y en avoir une autre encore, le long du sentier, camouflée par la végétation. Il s'y rendit mais elle avait l'air abandonnée, dans un état de délabrement avancé. Autour, tout bruissait d'insectes et d'oiseaux. De froissements d'animaux. De cris et de piaillements. D'écoulements invisibles laissant deviner un ruisseau, une cascade. Personne ne semblait avoir mis les pieds ici depuis des mois. Des années. Il fit demi-tour. Et c'est là que son cœur s'arrêta de battre. Et que le souffle se mit à lui manquer.

Il se cacha précipitamment derrière un poteau électrique et les regarda marcher vers lui sans le voir, trop occupés à discuter et à se sourire. Complices et tendres. À leur affaire. Heureux sans lui. Son sang pulsait jusque dans ses tempes. Ses jambes ne le portaient plus qu'à peine. Son garçon. Son petit garçon. Il était là. À portée de regard. Il ne tint pas. Sortit de sa planque et se précipita vers eux. À ses lèvres il tenta d'afficher un sourire. Comme si de rien n'était. Comme s'il n'avait pas envie d'étrangler Jun. Comme s'il n'avait pas envie de la prendre dans ses bras et de sentir ses lèvres sur les siennes. Comme si voir son fils ne le foutait pas au bord des larmes. Comme s'ils avaient simplement rendez-vous. Comme s'ils avaient prévu de se retrouver ici. Ils seraient partis quelques jours avant lui et il viendrait d'arriver. Ça s'était déjà produit. Les vacances scolaires débutaient et ils partaient aussitôt pour Kyoto où Nathan, retenu en France par une obligation quelconque, les rejoignait deux ou trois jours plus tard. Ils étaient si heureux de se revoir alors. Léo se jetait dans ses bras, et le regard de Jun s'illuminait en le voyant s'avancer vers eux, traînant sa valise, le visage encore froissé par le voyage et le décalage horaire.

Tout en continuant à bavarder, ils déviérent légèrement pour rejoindre la dernière maison de la rue. Ni le petit ni Jun ne s'étaient encore aperçus de sa présence.

— Jun ?

Au son de sa voix elle se figea et tout son corps se raidit. Il la vit attraper la main de Léo et la serrer fort dans la sienne. Puis tourner lentement son visage vers lui. Son regard était dur, fermé à double tour. Elle serrait les dents à se les faire péter. La colère la défigurait. Ou bien c'était le dégoût. En tout cas ce n'était pas beau à voir. Putain quand même. Elle était gonflée. Nathan n'en méritait pas tant, lui semblait-il. C'était plutôt lui qui aurait dû ressentir ça pour elle. Lui qui aurait dû lui offrir ce visage. Et bien pire. Mais non. Il marchait vers eux en souriant comme un con. Le souffle coupé. La poitrine comprimée. Suffoquant presque sous les bouffées d'amour. Pathétiquement faible. Prêt à s'aplatir. Il prononça le nom de son fils et il aurait fallu voir la lumière dans les yeux du gamin. Et l'éclat très pur de son sourire. Léo se dégagea de l'emprise de sa mère et courut dans ses bras. Jun lui hurla de revenir mais il n'en tint pas compte et enlaça fort son père en répétant papa, mon papa, mon papa. Nathan respira l'odeur de ses cheveux et le couvrit de baisers. Ses paupières, son nez, son front, sa bouche. Les larmes lui brouillaient la vue. Sa gorge se serra un cran plus fort quand le petit lui demanda pourquoi il ne les avait pas rejoints plus tôt. Il lui avait tellement manqué tout ce temps.

— Ça y est ? T'as fini ton travail ? Tu as pu venir nous voir enfin ? le questionna-t-il d'une petite voix pointue qui lui fendit le cœur en deux.

Jun s'approcha d'eux, le téléphone à la main. Elle écumait, tendue à craquer. On l'aurait dite prête à se battre. À mordre, à griffer, à arracher des cheveux. Elle l'était sans doute. Nathan reposa doucement Léo par terre. Le petit se blottit contre lui sans lâcher sa main. Il regardait sa mère. Elle lui fichait les jetons, ça se voyait. Nathan pouvait comprendre ça. Lui-même n'était pas loin de pouvoir en dire autant.

— Si tu pars avec lui j'appelle les flics, cracha-t-elle en saisissant le bras du petit.

— Maman... Tu me fais mal, chouina Léo.

À son expression désemparée, c'était clair qu'il ne comprenait rien à ce qui se passait. Qu'il était vraiment terrorisé, ce gosse. Perdu. Dévasté.

— Je ne comptais pas partir avec lui ni l'emmener nulle part, tu sais.

— Qu'est-ce que tu fais là alors ?

Ce ton dans sa voix, cette lueur dans son regard, c'était de la haine et rien d'autre. Une dureté féroce qu'il ne lui avait jamais connue. Merde. Qu'est-ce qui lui était arrivé ? Où était passée la femme auprès de qui il avait cheminé ces huit dernières années ? Même celle qui l'avait largué des mois plus tôt lui aurait mieux convenu. Qu'avait-il fait pour la mettre dans un tel état de rage ? Rien de tout cela n'avait le moindre sens.

— Je suis venu vous voir. Voir Léo. Te voir. Te parler.

— Me parler de quoi ? J'ai rien à te dire. Je veux plus rien avoir à faire avec toi. On est séparés. J'ai pas de comptes à te rendre.

— Ah si tu en as. Et tu le sais très bien. Léo est mon fils. C'est notre fils à tous les deux. T'as fichu le camp sans prévenir. Tu l'as pris avec toi. T'avais pas le droit. T'as pas le droit de faire ça.

— Dans ce pays, si. C'est mon fils. Il est avec moi. J'ai aucune obligation envers toi. On est très bien comme ça. On a pas besoin de toi. Ni lui. Ni moi.

Ils restèrent un moment silencieux, elle murée dans sa fureur, lui hébété, sous le regard mouillé de Léo qui allait de l'un à l'autre. Ça le flinguait de faire subir un truc pareil au gamin. Ça le flinguait que Jun lui impose une scène de ce genre. Il sentit la main du petit serrer la sienne un peu plus fort. Il sentit son corps gigoter pour se dégager de l'emprise de sa mère. Mais Jun le tira d'un coup sec. Surpris par la violence du geste, Nathan lâcha prise.

— Tu me fais mal, hurla Léo, mais elle n'en eut rien à faire et se précipita vers la maison en le tirant derrière elle.

Le petit criait, chialait, appelait son père.

Impuissant, Nathan regarda la porte se refermer.

Ça lui réduisit les tripes en bouillie d'entendre le bruit du verrou puis le silence tout recouvrir.

Putain. Merde. Il était bien avancé, maintenant.

Qu'est-ce qu'il allait faire ?

C'était quoi la marche à suivre ?

*

Il n'essaya ni d'entrer ni d'enfoncer la porte. Il savait où tout cela le mènerait. De l'intérieur Jun lui hurlait de dégager. S'il était encore là dans cinq minutes, elle appellerait la police. À la fenêtre de la chambre à l'étage il vit apparaître Léo. Son petit visage chiffonné. Son regard brouillé par les larmes et l'incompréhension. Le petit lui faisait signe de la main. Lui envoyait des baisers. Nathan lui répondit d'un sourire qu'il voulut rassurant. Puis il le vit reculer et Jun tira les rideaux.

Il se tint un moment devant la maison. Perdu. Abattu. Impuissant. Bien sûr rien de tout cela ne le surprenait vraiment. C'était même exactement ce à quoi il s'attendait. Samuel l'avait prévenu. Muro aussi. Pourtant il n'avait pas pu s'empêcher d'espérer autre chose. Qu'en le voyant Jun s'adoucisse un peu. Qu'en regardant Léo se jeter dans ses bras elle réfléchisse et accepte au moins de s'expliquer. Mais elle n'avait rien à expliquer. Elle avait décidé de rentrer au Japon et elle ne voulait pas perdre son fils. C'était aussi simple que ça. Aussi indiscutable. Nathan n'avait aucun recours contre ça. Et elle s'en foutait. Elle n'en avait rien à faire de lui. De ses sentiments. De l'amour qu'il portait à Léo et que le petit lui portait. De ce que ça lui faisait de ne plus le voir. Son fils, sa bataille, rien à branler.

Ce n'était pas son problème. Et Léo s'en sortirait très bien sans père. Des tas de gosses le faisaient. C'était peut-être même ce qu'on pouvait leur souhaiter de mieux. Les pères : cette engeance. Si tout ça ne l'avait concerné au premier chef, il aurait presque pu être d'accord avec elle sur ce point.

Soudain il entendit retentir une sirène. Une voiture de police approchait. D'où il était il ne pouvait pas encore la voir mais il n'y avait pas beaucoup de doutes. C'était pour lui qu'elle venait. Il consulta sa montre. Même sur ce point Jun n'avait pas tenu parole. Les cinq minutes promises ne s'étaient pas écoulées. La hyène. Elle avait dû les appeler sitôt enfermée dans la maison. Elle était sans pitié. Sans foi ni loi. Une inconnue. Une femme qu'il n'avait jamais rencontrée. Une étrangère. Il aurait voulu l'étrangler. La rouer de coups. Il eut honte de penser à des trucs pareils, d'y avoir pensé si souvent ces dernières semaines, mais ce furent les seules choses qui lui vinrent à l'esprit : l'envie de défoncer la porte et de lui éclater la tête. Et cette fois aucun film n'y était pour quoi que ce soit.

La voiture approchait. Il ne réfléchit pas. Ce fut comme un réflexe. Il se mit à courir. Prit le chemin de terre et s'enfonça dans la forêt profonde. Il entendit des cris dans son dos. Des bruits de pas. On lui courait après. Ne restait plus qu'à les semer ou à se rendre. Il quitta le sentier et grimpa au hasard. Se fraya un chemin parmi les arbres et les fougères. S'agrippa aux lianes, escalada les roches couvertes de lichen, glissa dans les ornières. Il avançait en se tenant aux buissons d'épineux qui lui écorchaient les mains. Plus il progressait plus la pente était raide, plus la végétation était dense. Dans son dos les flics s'étaient tus. Leurs ordres laissèrent place aux croassements profonds de corbeaux, qu'entrecoupaient parfois des cris de singes.

Il s'immobilisa un instant pour reprendre son souffle. À travers les plus hautes branches il pouvait apercevoir le ciel qui commençait à s'assombrir. Ailleurs il ne voyait plus que des arbres. Le sommet était encore loin et la mer invisible. Il essaya de se calmer. Ça ne servait à rien de paniquer. Il n'était pas vraiment perdu. Il lui suffisait de redescendre pour retomber sur la rue de Jun, mais les flics devaient l'attendre là pour le cueillir. S'il continuait à grimper il finirait bien par rejoindre le sommet, mais il l'avait déjà arpenté, il n'y avait rien là-haut. Rien sinon quelques sites aménagés d'où l'on pouvait jouir du point de vue. La mer Intérieure et ses îles forêts cerclées de sable blanc. De la beauté pure. À vous éclater la rétine. Rien sinon des pancartes signalant les divers lieux sacrés qu'abritaient les hauteurs du mont Misen : le temple et la grotte, la cascade et les escaliers de pierre bordés de statues et de lanternes couvertes de mousse, la flamme éternelle et le chemin des pèlerins, les bosquets d'érables et les alignements de cèdres immenses et ceinturés par une corde épaisse en torsade de paille de riz. Il lui fallait se décider. Le jour tombait. Bientôt il ferait trop noir pour faire trois pas sans se casser la gueule. Il opta pour la troisième voie. Celle du milieu, et de la sagesse à ce qu'on disait.

Il se remit en route sans plus monter ni descendre, se contentant de longer le flanc de la montagne, s'aménageant comme il pouvait un passage dans la végétation épaisse. Il marcha ainsi durant une bonne heure et, comme il l'avait prédit, déboucha sur un sentier. Des promeneurs redescendaient des sommets, escortés par des petits groupes de daims affamés. Ils se dépêchaient. Faisaient la course avec la nuit qui menaçait sérieusement de les engloutir. Nathan se mêla à eux en essayant de ne pas se faire remarquer. Il y avait quelques Français, des Allemands, des Japonais. Il espérait passer incognito. Se fondre dans la masse. Mais très vite il remarqua qu'on le regardait de travers. Il jeta un œil à ses vêtements. Son pantalon était maculé de terre, sa chemise déchirée. Un filet de sang lui coulait sur le bras. Un autre sur le front. Dans le genre discret on faisait mieux.

Arrivé au bout du chemin il s'enferma dans les toilettes publiques pour se changer. Tout autour de la cahute des corbeaux gueulaient. On aurait dit qu'ils attendaient sa sortie pour lui becqueter les yeux, le cœur et les tripes

– il avait vu trop de Hitchcock dans sa vie, ça finissait par l'atteindre. Il marcha en direction de l'embarcadère. Un ferry était sur le départ. Aucun flic à l'horizon. Il hésita un instant. Il avait la sale impression d'abandonner Léo. De le perdre pour de bon cette fois. Il pouvait toujours rebrousser chemin et se rendre à l'hôtel. Après tout il n'avait rien à se reprocher. Il était entré légalement sur le territoire. N'avait commis aucun délit. S'était contenté de se rendre devant le domicile de son ex-femme et de prendre un instant son propre fils dans ses bras. Qu'avait-il à craindre ? Bon OK, il s'était enfoncé dans les bois tandis qu'approchait une voiture de police. On pouvait sûrement y voir un délit de fuite. Mais qui disait qu'elle venait pour lui ? D'accord, il avait marché dans la montagne et sa jungle épaisse alors que des voix résonnaient dans son dos. Mais qui disait là encore que c'était à lui qu'elles s'adressaient ? Qui disait que la police était encore à ses trousses, qu'elle le traquait dans l'île, qu'elle avait frappé à la porte des hôtels, consulté les registres des réservations et découvert son nom dans le ryokan où il avait réservé pour trois nuits ? Après tout il avait tant de fois entendu Arthur et Clément soupirer en lui parlant des autorités locales, de leur mollesse et de leur manque de méthode et de rigueur, si paradoxales si on s'en tenait à l'image que chacun se faisait du Japon et des Japonais.

Le moteur du ferry vrombit dans le silence. Il pensa que s'il le laissait partir, l'île se refermerait sur lui à jamais. Qu'elle lui tendrait un piège dont il lui serait impossible de s'échapper. Il embarqua. À peine fut-il sur le pont que le bateau commença à bouger et à contourner l'île à lente allure. Passé la pointe, le sanctuaire illuminé et le grand torii rouge apparurent. La mer était remontée. Ils flottaient de nouveau sur l'eau noire. Sitôt la porte sacrée dépassée, le ferry accéléra, et bientôt les lumières de la côte commencèrent à scintiller sous la masse opaque des collines. La traversée fut courte. Une vingtaine de minutes. Nathan l'effectua en banni. L'île des Dieux l'avait répudié. Il y avait laissé son fils et regagnait le monde des hommes en vaincu.

*

Ils l'attendaient sur le quai. Quatre policiers en civil. Nathan ne les avait pas repérés. Il était descendu du ferry vaguement inquiet, scrutant les alentours à la recherche d'uniformes. Mais pour tout dire il n'y croyait pas. Il pensait seulement à la suite. Trouver un hôtel dans cette ville ou à Hiroshima. Appeler Lise, Muro, peut-être Arthur et Clément. Recueillir leurs avis. Prendre conseil. Devait-il retourner sur l'île ? Embaucher un avocat ici au Japon ? Se rendre à Tokyo et solliciter à nouveau, de visu cette fois, les services de l'ambassade de France ? C'est à ça qu'il pensait quand on l'avait retenu par le bras.

— Monsieur Forsberg ?

Il avait compris immédiatement. Bien avant que le type qui l'avait alpagué ne lui montre un papier attestant qu'il était flic. Bien avant qu'il ne lui demande de les suivre et ne le mène à leur berline noire.

Hiroshima mon amour

Nathan était coincé sur la banquette arrière, serré entre deux flics. Il y en avait deux autres à l'avant. Il demanda où on allait même s'il pensait le savoir. Au poste, supposait-il. Comme la dernière fois. Mais personne ne lui répondit.

Un peu plus tard il extirpa son téléphone de sa poche mais son voisin s'en saisit sans prononcer le moindre mot et le rangea dans sa propre veste. Nathan se rebiffa : il devait appeler quelqu'un, prévenir l'ambassade, sa famille, il lui fallait un avocat, c'était son droit. Le type sur le siège passager se retourna et se contenta d'articuler les mots : *speak japanese*. Et ça s'arrêta là.

Ses gardes du corps se remirent à parler entre eux sans plus lui prêter la moindre attention. Par les fenêtres il voyait défiler la banlieue d'Hiroshima. À des quartiers pavillonnaires banals succédaient des blocs d'immeubles et des entrepôts, des centres commerciaux, des bureaux. Ils ne devaient pas être entrés dans la ville proprement dite. Ou alors c'était vraiment moche.

Ils se garèrent devant un bâtiment cubique, parfaitement impersonnel. Ça ne ressemblait pas à un commissariat même si l'entrée était surveillée par des flics armés. Avant de le faire sortir de la voiture on lui mit les menottes. Ah quand même, pensa-t-il. Visiblement on était passé au stade supérieur. Ça ne rigolait plus. Il commença à flipper sévère.

Une fois à l'intérieur on le fit entrer dans une pièce dépouillée, juste équipée d'une table et de quatre chaises, et éclairée aux néons. Dans un coin un policier semblait chargé de sa surveillance. Nathan lui demanda où il était, ce qui allait se passer maintenant, ce qu'on attendait de lui. Mais l'agent ne lui répondit pas, là encore. Fit comme s'il ne l'avait pas entendu. Deux heures s'écoulèrent sans que rien se produise. Nathan avait envie de pisser, mal au cul, le dos en miettes, les poignets douloureux et le moral au fond des godasses. À un moment il tenta de se lever mais son geôlier lui fit signe de se rasseoir immédiatement. Et le mec n'avait pas l'air du genre à plaisanter.

Nathan commençait à piquer du nez, quand deux types en costume et une femme en tailleur gris firent leur entrée. Les deux hommes s'installèrent en face de lui. Le plus petit ouvrit son ordinateur. Le plus grand prit la parole. Assise près de lui, la femme en tailleur se mit à lui chuchoter des trucs en français à l'oreille. Il lui fallut quelques secondes pour comprendre qu'elle traduisait les mots du plus vieux, qui s'avéra être procureur. Ce dernier lui présenta la situation. Nathan était ici dans un centre de détention administré par la police japonaise. On allait l'interroger. Cela pourrait prendre trois jours, une durée susceptible d'être rallongée à deux reprises, pour dix fois vingt-quatre heures à chaque fois. Il hocha la tête. Il était renseigné. Connaissait le tarif et les conditions. En gros, il était en garde à vue. Même si ça ne s'appelait pas comme ça ici. Le procureur lui confirma qu'il n'avait le droit ni de passer un coup fil ni d'envoyer un mail. Pour ce qui était d'appeler un avocat, ce serait la police elle-même qui s'en chargerait. Plus tard. Nathan pourrait leur donner un nom s'il en avait un, mais en tout état de cause l'interrogatoire débuterait sans lui, et de toute façon l'avocat ne serait pas non plus autorisé à assister à ceux qui suivraient. Le procureur ajouta que les visites étaient limitées à une par jour de détention, pour une durée d'un quart d'heure et en présence d'un policier. Le cas échéant, toutes les conversations devraient se faire en japonais. Les seules exceptions à ce dispositif relevaient du droit consulaire. Ce qu'il regrettait au passage. S'il n'en avait tenu qu'à lui… Mais enfin ce n'était pas lui qui faisait les lois, il se contentait de les appliquer. Il termina en précisant que si

Nathan était retenu ici, c'était parce qu'il était jugé susceptible de quitter le territoire et que les infractions qu'il avait commises le justifiaient : il était considéré comme dangereux.

Puis l'interrogatoire proprement dit commença. Nathan en connaissait les pièges. Il avait lu des témoignages. Pedretti s'était renseigné pour lui de son côté et lui avait dit :

— S'ils te mettent en garde à vue, mets-toi bien ça en tête : leur truc c'est d'obtenir des aveux. Coûte que coûte. C'est comme ça qu'ils fonctionnent. C'est pour ça qu'ils les prolongent indéfiniment. Pour t'avoir à l'épuisement. Vingt-trois jours, ils disent ça, mais c'est du flan. Il suffit qu'à la fin ils décident de t'accuser d'un autre truc, juste un peu différent, en jouant sur les mots, et hop tu repars pour un tour. Y a des gens qui sont restés des années comme ça, sans jamais être mis en examen, et encore moins jugés. Ils parlent d'enquête, de réunir les éléments, mais il n'y a pas vraiment d'enquête. Juste, ils font avec ce qu'ils ont déjà et répètent leurs questions, portent leurs accusations jusqu'à ce qu'en face ça craque. Après, forcément, le procès, ça va vite. Les aveux ont été prononcés. Pas besoin de plus. On passe direct à la condamnation. Ils sont malins. Tout se fait en circuit court. Direct de l'arrestation à la taule. Bien sûr, tout ça vaut surtout pour les délits mineurs. Pour la grande criminalité c'est autre chose. Mais il faut bien comprendre qu'au Japon la petite délinquance, les incivilités, tous ces trucs c'est tellement marginal que quand ils attrapent quelqu'un, en général, c'est pas pour rien : ils sont sûrs de leur coup. Certains d'avoir appréhendé non pas un suspect mais un coupable. Alors tu vois, ces pauvres types, ces pauvres femmes qui se retrouvent en garde à vue, voire en taule, juste parce qu'ils ont essayé d'apercevoir leurs gosses ou tenté de s'expliquer avec leur ex, généralement c'est vite réglé. Pour eux, les choses sont simples. Ce sont des étrangers qui emmerdent leurs ressortissants. Et qui de leur point de vue n'ont pas le droit de le faire. Point barre.

Le procureur commença par l'interroger sur les raisons de sa présence au Japon. Comme deux mois plus tôt Nathan répondit sans rien cacher. Il était venu pour retrouver son ex et son fils qui avaient quitté la France sans l'en avertir. En face, le type enregistra l'information. Ça ne parut guère l'émouvoir. Il avait hâte de passer aux choses sérieuses, ça se voyait. D'abord il voulut entendre de la bouche de Nathan qu'il avait bien harcelé Jun et ses parents. Ça ne servait à rien de nier, il avait des preuves. Nathan avait déjà été appréhendé devant le domicile de ses beaux-parents. Des témoins certifiaient qu'il s'y était rendu à plusieurs reprises, plusieurs jours d'affilée. Qu'il avait insisté pour entrer chez eux alors qu'ils ne le souhaitaient pas.

Qu'ils avaient dû se terrer en attendant qu'il abandonne. Circonstance aggravante, Nathan s'était introduit dans leur propriété et avait tenté d'entrer par effraction dans la maison. Ça y est, pensa-t-il, ça recommence. Il nia en bloc. Mais en face l'homme ne voulut pas en démordre. Les parents de Jun avaient affirmé le contraire. Des gens honnêtes, paisibles. Pourquoi auraient-ils menti ?

— Peut-être parce que leur fille leur a demandé de le faire. Elle a enlevé mon fils, je vous signale.

Après s'être fait traduire sa réponse, le procureur haussa les épaules.

— Elle n'a enlevé personne. C'est son fils. On n'enlève pas son propre fils. Elle l'emmène où elle veut. De notre point de vue elle en a la garde exclusive. Elle seule est détentrice de l'autorité parentale. En divorçant, vous avez perdu votre statut de père. Vous êtes peut-être son géniteur mais ici, vous n'êtes plus son père. Elle n'est soumise à aucune obligation vous concernant.

Il enchaîna et Nathan comprit qu'on venait de finir l'apéritif. Le plus dur allait suivre. On entrait dans le dur. Une fois le contact établi avec Jun et Léo, que comptait-il faire ? Emmener son fils avec lui et le ramener en France ? L'enlever, n'est-ce pas ? Une fois de plus Nathan nia. Cela n'avait jamais été son intention. Il n'y avait même jamais songé. Il

souhaitait juste parler avec Jun et peut-être la convaincre.
— La convaincre de quoi ?
— Je ne sais pas. De revenir vivre en France. De reprendre notre vie là où nous l'avons laissée. De laisser Léo retrouver celle qu'il a toujours connue. Son école. Son environnement. Sa langue. Son père une semaine sur deux. Ses copains. Ses grands-parents.
— Il en a aussi ici des grands-parents. Ici aussi il a une école et tout se passe bien pour lui. Il a beaucoup d'amis. Quant à son environnement… Miyajima… L'île des Dieux. Que rêver de mieux pour lui ? Ici sa mère gagne convenablement sa vie. Ce qui n'était pas le cas en France. Elle est autonome et peut élever son fils dans les meilleures conditions possibles. Lui offrir le meilleur. Le système éducatif japonais est très performant, vous savez. Bien plus que le vôtre.
— Et moi ? Son père ?
— Il vit avec sa mère. C'est ainsi.
— Mais en France il vivait autant avec elle qu'avec moi.
— Eh bien ici, non. Et puis si vous voulez mon avis, un enfant peut se passer d'un père. Pas d'une mère. Ce sont les mères qui élèvent les enfants, n'est-ce pas. Mais ce n'est pas le sujet. Je vous repose la question. Comptiez-vous prendre Léo de force avec vous et le ramener en France ? Comptiez-vous le soustraire à sa mère ? Comptiez-vous l'enlever ?

Ils tournèrent en rond une bonne heure comme ça. La conversation s'écoulait sur un rythme étrange, haché par les intermèdes de traduction. Nathan crut deviner de la pitié dans les yeux de l'interprète. On aurait dit qu'elle avait de la peine pour lui. Mais peut-être s'agissait-il d'une simple compassion de façade destinée à l'amadouer. Un piège grossier pour le pousser à la faute.

Plus les minutes passaient plus le procureur se raidissait. Il voulait que Nathan comprenne bien que ses dérobades ne le mèneraient nulle part. Il avait harcelé Jun et sa famille. D'abord téléphoniquement et par mail : il avait sous les yeux la retranscription des tonnes de SMS, de messages écrits et vocaux que Nathan leur avait adressés ces dernières semaines. Le ton de certains était manifestement agressif. Il y en avait plusieurs où Nathan parlait de venir récupérer son fils. Puis il avait menacé physiquement ses beaux-parents en s'introduisant chez eux. Et avait récidivé avec Jun en rôdant aux abords de son lieu de travail, de l'école où était scolarisé Léo, puis de son domicile. Les caméras de surveillance en attestaient, ainsi que divers témoins. Enfin il avait fait irruption chez elle. Avait pénétré dans sa propriété par effraction. Avait tenté de prendre l'enfant avec lui. Il avait attrapé Léo par le bras et voulu le forcer à le suivre. Il s'agissait indubitablement d'une tentative d'enlèvement. À quoi s'ajoutait un délit de fuite caractérisé quand la police était intervenue. Il ne servait à rien de s'obstiner. Tout l'accablait. Autant avouer tout de suite. Pour sa part le proc' avait tout son temps. Il n'était pas certain que Nathan souhaite passer le sien avec lui dans cette pièce, ni même dans la cellule qui l'attendait.

Sur ces mots il adressa un signe à son collègue qui referma aussitôt son ordinateur. Ils se levèrent et quittèrent la pièce. La traductrice resta un moment aux côtés de Nathan. Juste le temps qu'un flic vienne le chercher et lui annonce qu'il allait le conduire à sa cellule.

— Et pour l'avocat ?

— Vous avez un nom à me donner ?

Nathan n'en avait pas. Le flic échangea quelques mots avec la traductrice. Il en ressortit qu'on lui en désignerait un d'office. Mais il ne le verrait sans doute que le lendemain. Ou le surlendemain. D'ici là les interrogatoires auraient repris. Le flic le fit sortir de la pièce et ils s'engagèrent dans un couloir blanc percé de portes à verrou électronique. L'une d'elles s'ouvrit. Puis Nathan l'entendit se refermer dans son dos.

La pièce était petite et nue, toute de béton brut, sans fenêtre, et violemment éclairée. Ne l'équipaient qu'un mince futon et une cuvette de toilettes en inox. Rien d'autre. Quelques minutes après, on lui glissa un petit plateau sur lequel étaient posés un bol de riz et une tasse d'eau chaude.

Le même festin lui serait servi le lendemain matin, à midi et en début de soirée, et ainsi de suite pendant plus d'une semaine.

*

Les jours qui suivirent ne furent qu'un long cauchemar. Parfaitement irréel. Ubuesque. On le laissait des heures entières dans sa cellule sans rien lui dire. Jamais la lumière ne s'y éteignait. Il ne parvenait pas à trouver le sommeil. Très vite il perdit la notion précise du temps. Très vite il se sentit épuisé, désorienté, abruti par la peur et le silence, l'inaction, les pensées qui tournaient en boucle, les crises de larmes, l'ennui, l'enfermement. Il oscillait entre la rage et l'abattement, la colère et le chagrin. Il avait l'impression de perdre pied, de devenir dingue, de sombrer dans un gouffre sans fond. Quand enfin il arrivait à somnoler, jamais plus d'une heure, des rêves étranges et sans profondeur le visitaient, dans lesquels il mourait une fois sur deux. Il y voyait aussi Léo lui échapper sans fin, sans cesse il le perdait de vue, dans les rues d'une ville immense, au milieu de l'océan, dans des forêts profondes. Dans l'un d'eux, Lise était avec lui au Japon et ils pleuraient dans les bras l'un de l'autre au milieu du salon de la maison orange accolée au petit temple, au pied de la colline Yoshida. Devant le sanctuaire dédié à Jizo, devant les offrandes déposées en mémoire des enfants morts, ils se tenaient par la main et pleuraient. Et tout était désolé. Mais la plupart du temps il se réveillait sans souvenir. Seuls l'état dans lequel il se trouvait, le goût amer au fond de sa bouche, les larmes qu'il ravalait, le sentiment de désespoir qui l'étreignait lui fournissaient un indice. Encore un cauchemar. Un cauchemar dans le cauchemar. Le reste du temps il comatait. Et mesurait de quel bois il était fait. Aucune résistance. Abattu en moins de deux. Il aurait fait un bien piètre otage. Il faisait un bien faible prisonnier. Son père avait raison, au fond. Toute son enfance il lui avait répété qu'il était en sucre, une petite nature. L'avait traité de lavette. De chochotte. Dans son esprit ce n'était pas méchant. Juste un constat. Il y avait deux types d'hommes, les solides et les autres, et Nathan faisait partie de la deuxième catégorie. En définitive Simon Forsberg avait vu juste.

À un moment ou à un autre de la journée, jamais à la même heure, on venait le chercher pour une séance d'interrogatoire. Le même exactement que celui des jours précédents. Ses réponses devenaient de plus en plus laconiques. Parfois la colère le gagnait. Parfois il gardait le silence. De temps à autre le procureur avançait un nouveau pion. Un jour il déclara que Jun l'avait accusé de s'être rendu coupable de maltraitance. D'avoir déjà porté la main sur elle, ainsi que sur Léo. À ces mots

Nathan craqua et vomit sur le bureau. Un long ruban de riz prédigéré et enrobé de bile jaunâtre. Une autre fois il s'agissait de Léo lui-même. Il avait déclaré ne plus vouloir voir son père. Avoir peur de lui. Craindre qu'il ne le kidnappe. Le procureur prétendit aussi détenir des témoignages recueillis en France auprès des amies japonaises de Jun. Depuis longtemps déjà elle se plaignait auprès d'elles de la vie que Nathan lui faisait mener. De ses humeurs, de ses emportements, de son alcoolisme. De sa violence verbale, et même physique. C'est pour ça qu'elle avait demandé le divorce. Et c'est seulement sous ses menaces et par peur des représailles qu'elle avait choisi de rester en France dans un premier temps. Jusqu'à ce qu'elle trouve le courage de s'enfuir. À ses amies, elle s'était plainte aussi des piètres qualités parentales de son ex-mari. Nathan ne s'occupait pas de Léo, même quand il en avait la garde. Il le négligeait. Le mettait en danger. Le laissait seul dans l'appartement. Lui laissait regarder des choses qui n'étaient pas de son âge. Avait devant lui des propos inconvenants. Des gestes, même. Le petit s'était plaint que son père l'embrassait un peu partout.

— Partout où, exactement ? voulut savoir le procureur.

— Là où je vais t'enfoncer mon poing, eut envie de lui répondre Nathan.

Mais il s'abstint. Et se contenta de vomir de nouveau.

Ce n'est qu'après le troisième interrogatoire que Nathan put enfin voir un avocat. On le conduisit dans une salle identique à celle où le cuisinait le procureur. Kenzaburo Yoshimura n'avait pas grand-chose à lui dire. Il paraissait désorienté, démuni. La conception de l'autorité parentale et de son partage, les dispositions quant à la garde et au droit de visite tels qu'on les entendait en France le laissaient désemparé. Ici rien de tout ça ne s'appliquait. On ne pouvait rien faire valoir. On était face au vide. Et pour tout dire il trouvait notre système un peu dingue. Il conseilla à Nathan de s'en tenir à ce qu'il nomma « sa version des faits ». Et surtout de solliciter l'appui de la France. Si les autorités françaises faisaient pression on éviterait peut-être le pire. D'ailleurs il avait informé l'ambassade de France au Japon de l'affaire. Il était prévu que quelqu'un de là-bas vienne rencontrer Nathan le lendemain. Voilà. C'était tout. L'avocat attrapa sa sacoche, se leva et fit signe au flic qui les surveillait qu'il en avait fini. On ramena Nathan dans sa cellule où l'attendaient son futon, sa cuvette de chiottes, son bol de riz et sa tasse d'eau chaude.

Le lendemain il eut le droit à sa première douche. Et à la visite d'un type de l'ambassade. Le procureur fit en sorte de la raccourcir au strict minimum. Deux agents vinrent chercher Nathan au bout d'un quart d'heure pour le conduire à la salle d'interrogatoire, où tout recommença à l'identique, pour la quatrième fois, à quelques variations près. Nathan eut tout de même le temps d'exposer son cas au diplomate. Même si ce n'était pas vraiment nécessaire. François Schaeffer connaissait bien ce genre d'affaire, et celle-ci en particulier. Il était au courant de tout. Avait veillé à tenir informée la famille Forsberg. Et lui indiqua qu'en France on commençait à se soucier de son sort : un article était paru dans *Ouest-France* et avait été repris sur de nombreux sites d'information en ligne, dont ceux du *Monde* et de *L'Obs*. Suite à quoi deux cinéastes dont le diplomate avait oublié les noms, mais dont il supposait que Nathan avait dû les recevoir dans son établissement, s'étaient émus de sa détention sur Twitter. Ce qui n'était pas forcément une bonne chose. Le mieux dans ce type de situation était de rester discret, de laisser la diplomatie agir. Et Nathan savait comme lui que tout cela se faisait de préférence en silence, histoire de ne braquer personne. On avait déjà bien irrité les autorités japonaises avec Carlos Ghosn et sa façon très littérale de se faire la malle, même si la France n'y était pour rien. Les critiques qui avaient fleuri dans les journaux à propos de la justice nippone, qu'on avait jugée « indigne d'un grand pays démocratique », avaient laissé un goût amer ici. Et l'affaire Alizée Tellier, qui avait engendré de nombreux reproches quant aux capacités de la police et des enquêteurs japonais, n'avait rien arrangé. On n'était pas loin de la brouille diplomatique.

Quoi qu'il en soit François Schaeffer voulait que Nathan garde espoir. Le Quai d'Orsay et ses représentants ici étaient mobilisés. Le dossier était vide à tout point de vue. L'urgence était de ne pas craquer. De s'en tenir à la vérité. Et d'être libéré et rapatrié dans les délais les plus courts.

— Et mon fils ? se risqua Nathan.

— Votre fils ?

— Elle n'avait pas le droit de le prendre avec elle. Elle n'a pas le droit de m'empêcher de le voir. C'est mon fils. On est en garde partagée...

— Je sais tout ça. Mais vous savez bien que c'est un problème épineux. On se heurte à un vide juridique. On est au Japon et au Japon, c'est la loi japonaise qui s'applique. Ça fait des années qu'on essaie de négocier une convention à ce sujet. On y travaille. Mais le mieux pour le moment c'est que vous rentriez en France. Et vous pourrez agir quand nous aurons abouti à un accord.

*

Schaeffer revint deux jours plus tard. Nathan était dans un état lamentable. Il n'avait jamais connu un tel épuisement. La tête lui tournait en permanence, il avait constamment froid et claquait des dents à longueur de temps. De la boue coulait dans ses veines. Ses nerfs craquaient les uns après les autres, pétaient comme des vieux élastiques, usés, tendus à mort. Et il avait l'impression de puer. Comme si la décomposition de son cerveau suintait par tous ses pores. Plus aucune pensée cohérente ne se formait sous son crâne. Les interrogatoires étaient de plus en plus courts et pénibles. Se résumaient maintenant à une batterie de questions lancées sans relâche. Une sorte de harcèlement. De déferlante. La traductrice n'avait même plus besoin de traduire. À force il reconnaissait les sons et comprenait vaguement de quoi il s'agissait. Ça tournait en boucle, ça se mélangeait, et il avait à peine le temps d'articuler deux mots entre chaque attaque du procureur. Aviez-vous pour projet d'enlever votre fils pour le ramener en France ? Avez-vous menacé sa mère ? Avez-vous pénétré dans la propriété de vos ex-beaux-parents ? Consommez-vous de l'alcool ? Prenez-vous des drogues ? Avez-vous déjà frappé votre ex-femme ? Votre fils ? Reconnaissez-vous avoir harcelé votre ex-femme par téléphone ? Par mail ? Physiquement ? Reconnaissez-vous avoir menacé ses parents ? Reconnaissez-vous vous être introduit dans le domicile de votre ex-femme ? Reconnaissez-vous avoir fui en voyant arriver la police ? Reconnaissez-vous avoir physiquement arraché Léo aux bras de sa mère ? Reconnaissez-vous l'avoir forcé à vous suivre avant de le relâcher lorsqu'une voiture de police s'est dirigée vers vous ? Reconnaissez-vous avoir pris la fuite ?

En face le procureur haussait la voix, hurlait même par instants. Ses petits yeux furieux le fixaient avec une haine radicale, ses poings s'abattaient sur le bureau à grand fracas. Il y avait quelque chose de vicieux dans son regard. On aurait dit que torturer mentalement son prisonnier, le soumettre à son autorité, le faisait jouir. On aurait dit une version japonaise du préfet Didier Lallement. Nathan l'ignorait alors mais les pressions diplomatiques que subissait l'homme de loi le mettaient hors de lui. Le révulsaient. C'était une sorte de course contre la montre. De son point de vue il était urgent que Nathan avoue. Il voulait acter sa mise en examen et ordonner son jugement avant qu'on ne l'oblige à prononcer un non-lieu et à le laisser partir. Cette simple perspective le faisait gerber.

C'est ce qu'expliqua François Schaeffer à Nathan lors de sa deuxième visite. Inquiet de le voir si faible, hiératique, incohérent dans ses réponses, il l'exhorta à s'accrocher. Ce n'était plus qu'une question de jours, d'heures même, maintenant. Il aurait peut-être encore à endurer deux ou trois interrogatoires. Il ne fallait pas qu'il s'étonne si dans sa cellule on montait la climatisation au maximum.

Il risquait de passer les heures à venir dans un congélateur. Il y avait aussi de bonnes chances pour qu'on « oublie » de lui servir son repas. Quant à la douche, inutile d'y penser. Ils allaient tout faire pour l'avoir à l'usure. Abattre ses défenses. L'affaiblir au maximum. Le pousser à la faute. Comme Nadal pilonnant son adversaire du fond du court. Mais il fallait que Nathan tienne bon. Qu'il continue à renvoyer la balle et à la remettre sur le terrain. Les négociations étaient en bonne voie. Elles n'allaient pas tarder à aboutir. On allait le relâcher moyennant l'assurance qu'il quitte le territoire sans délai et ne s'avise pas de tenter d'y pénétrer de nouveau dans les années à venir. Le Quai d'Orsay lui-même s'en porterait garant. La cellule de crise était à l'œuvre. Ils savaient ce qu'ils faisaient. Il ne fallait pas qu'il s'inquiète.

Dans la tête de Nathan les phrases tournaient et se chevauchaient, s'annulaient les unes les autres.

— Et il faut surtout que vous dormiez, que vous retrouviez vos esprits, lui chuchota le diplomate à l'oreille en lui glissant quelque chose dans la main.

Nathan tint son poing serré jusqu'à son départ. Une fois seul il déploya ses doigts. Au creux de sa paume se nichaient deux pilules. Il les avala sec. Les sentit lui râper la gorge et se coincer dans sa trachée. Il déglutit autant qu'il put. Elles finirent par passer. Une heure plus tard il sombrait dans un sommeil de plomb.

*

Le neuvième jour, quand les deux policiers pénétrèrent dans sa cellule et lui demandèrent de les suivre, Nathan tenait à peine sur ses jambes. Il n'avait pas mangé depuis soixante-douze heures. Il était frigorifié. Son front était brûlant et il suait comme un bœuf. Il était surpris qu'on vienne le chercher. Le dernier interrogatoire datait d'à peine une heure ou deux. Mais il pouvait se tromper : il avait des vertiges, quarante de fièvre au jugé, tremblait de tout son corps ; il n'avait plus vraiment toute sa tête.

On lui gueula de se dépêcher et il s'exécuta à grand-peine. Il se traîna à la suite des deux flics. Chaque pas lui coûta un an d'espérance de vie. À son grand étonnement ce ne fut pas à la salle d'interrogatoire qu'on le mena. Le couloir où on l'escortait finit par déboucher sur un grand hall. Là, il reconnut Kenzaburo Yoshimura, l'avocat, et le type de l'ambassade, assis sagement sur une banquette. Il les vit se lever et se diriger vers lui alors qu'on lui enlevait ses menottes. On lui tendit son blouson, son sac, son téléphone portable. Nathan n'était pas sûr de comprendre. François Schaeffer lui expliqua qu'ils allaient quitter le centre de détention. Un chauffeur les conduirait à l'aéroport d'Osaka. Deux voitures de police les suivraient à la trace. Là-bas un officier japonais s'assurerait que Nathan embarque bien sur le vol pour Paris. Le diplomate lui dirait tout ce qu'il avait à savoir durant le trajet. Quant à l'avocat, sa mission s'arrêtait là. Nathan n'avait pas de souci à se faire. L'ambassade réglerait ses honoraires.

Dehors la lumière du jour l'aveugla. On l'installa sur la banquette arrière d'une berline noire.

— Il y a une couverture, lui lança Schaeffer. Un thermos de thé. Et des sandwichs. Je crois savoir que vous les aimez aux œufs et au porc pané.

Nathan ne lui demanda pas comment il pouvait être au courant d'un truc pareil. Ne repensa pas aux berges de la Katsura. Ni au bord de l'étang du Daikaku-ji. Ni à aucun des endroits où il s'en empiffrait avec Jun et Léo. Il n'en eut pas la force. Ni celle de l'écouter vraiment quand l'émissaire de l'ambassade lui expliqua qu'à son arrivée à Paris le directeur du centre de crise du Quai d'Orsay serait là pour l'accueillir. Pour ce qu'il en avait à foutre. La seule chose qui l'intéressait c'était de savoir si ses proches seraient présents. Schaeffer le rassura. Il y aurait ses parents et son frère. Et aussi une certaine Lise.

Ce furent les derniers mots qu'entendit Nathan avant de s'assoupir, les dents encore plantées dans l'épais pain de mie fourré de viande à la panure croustillante.

Dans l'avion les films avaient changé. Machinalement il repéra ceux qu'il aurait été susceptible de regarder s'il en avait été capable. Greta Gerwig, Clint Eastwood, les frères Coen, Jane Campion, Robert Guédiguian. Le tout noyé sous les blockbusters et les grosses comédies franchouillardes. François Schaeffer lui avait confié tout un assortiment de pilules : une réserve de paracétamol et d'ibuprofène pour combattre la fièvre, des cachets pour la gorge, de la cortisone pour les bronches. Nathan en avala une poignée. Son voisin, un Français qui puait la sueur, le regarda d'un air méfiant. Le type devait avoir peur qu'il lui refile ses microbes. Ça devait se voir qu'il était malade. Heureusement le reste était invisible. Ce qu'il venait de subir. Les jours qu'il venait de passer. Sa défaite. Son cœur arraché. Le reste demeurait à l'abri de ses paupières, dans l'étau de sa poitrine lacérée, parmi les décombres de son âme en charpie. Nathan espéra pour son compatriote que rien de tout cela n'était contagieux.

Il passa le vol dans un état de semi-conscience, jamais vraiment endormi, jamais vraiment réveillé. Il dérivait au-delà de l'épuisement. Flottait dans son propre corps. Son cerveau lui-même avait l'air d'avoir rétréci et il le sentait perdu, ballotté dans les trop vastes étendues de la boîte crânienne. Ce n'est que quand l'avion entama sa descente sur Roissy qu'il réalisa qu'il rentrait bien en France. Il lui semblait en être parti des mois plus tôt, des années entières. Il lui semblait que la vie qu'il y avait laissée n'était pas la sienne, ou qu'elle appartenait désormais à un passé révolu, périmé, bouclé à double tour. Pourtant, au bout de ces longs couloirs, de ces tapis roulants, de ces halls, une fois passée la dernière porte, juste après les derniers contrôles de douane auxquels se soumettaient des passagers choisis au hasard, sommés d'ouvrir leurs valises, leurs sacs et de justifier la moindre possession, c'étaient bien ses parents et son frère qui l'attendaient. Lise se tenait un peu en retrait. Avant même qu'il ne puisse les saluer, un homme s'avança vers lui. Il était envoyé par le Quai d'Orsay. Une longue jeune femme l'accompagnait, qu'il présenta comme une psychologue. Nathan n'écouta pas ce que ces gens avaient à lui dire. Ça pouvait paraître ingrat, il le savait. Après tout c'était bien grâce aux efforts déployés par la diplomatie française qu'on l'avait relâché. Qu'il avait échappé à la mise en examen et peut-être à la condamnation. Mais devoir sa liberté à qui que ce soit lui était inconcevable. C'était absurde. Il n'avait commis aucune infraction. Rien n'avait jamais justifié qu'on l'enferme ni même qu'on l'appréhende.

— Je vous laisse à votre famille, finit par lui lancer Jean-Eude de la Tabatière (ou quelque chose dans le genre) en lui tendant sa carte. Quand vous serez remis, j'aimerais bien m'entretenir avec vous. Votre retour d'expérience nous serait précieux.

Nathan acquiesça mollement et se traîna jusqu'à ses parents, qui le prirent dans leurs bras. C'était un geste tout à fait inhabituel de leur part, mais les circonstances l'étaient aussi. Même les plus pudiques se laissent parfois déborder par la tendresse et l'inquiétude. Qui pourrait leur en vouloir. Qui aurait le cœur de les juger. Son frère se joignit à l'étreinte collective. Noyé sous les accolades Nathan leur assura que tout allait bien. Que tout était fini maintenant. Même s'il n'y croyait pas lui-même.

Ce n'est que plus tard, dans le salon de la maison de son enfance, dont sa mère avait tiré les rideaux, résolue à ne plus se soumettre à la torture qu'était pour elle la contemplation de l'avenue ravagée où ne subsistait plus le moindre tilleul, qu'il déroula le fil de son séjour au Japon. Lise se taisait, se demandant sans doute ce qu'elle faisait là, dans cette maison de banlieue plongée dans la pénombre, cette rue en chantier qui semblait mal se remettre d'un épisode de guerre ou d'un cataclysme. Nathan n'avait échangé qu'une poignée de mots avec elle depuis son retour. Ses parents ne lui avaient même pas demandé qui elle était pour lui, ce qu'elle faisait là, parmi eux, dans le hall d'arrivée de l'aéroport Roissy Charles-de-Gaulle. Au moment de partir son père s'était simplement tourné vers elle et l'avait interrogée : Vous venez avec nous ? Et elle avait hoché la tête en signe d'acquiescement.

Au fur et à mesure que son fils évoquait les événements des derniers jours, Simon Forsberg s'échauffait, s'empourprait, s'emportait. Il était remonté comme une pendule, ponctuait ses phrases de mots orduriers. Tous visaient Jun. Et comme dans ce vieux film d'Étienne Chatiliez finirent par se résumer à une litanie de « la salope » déclinée sur tous les tons possibles. Annie quant à elle restait muette. Elle avait l'air stupéfaite. Interdite. Nathan la voyait réfléchir, anticiper, et en arriver sans doute à cette conclusion qui devait la ravager. Léo était là-bas et ils ne le verraient plus avant longtemps. Comme lui elle ne devait pas croire que les choses puissent se régler d'une manière ou d'une autre. Les cas comme les siens étaient trop peu nombreux pour que les pouvoirs publics s'en saisissent vraiment. Et même si elle se trompait, tout cela prendrait des années. Léo aurait oublié son père. Nathan aurait perdu son fils. Il serait devenu pour lui un étranger.

— Si au moins tu pouvais lui parler au téléphone de temps en temps… Pour garder le contact. Un minimum.

Il haussa les épaules. Il pouvait bien sûr solliciter les services d'Akira Muro, lui demander de lui fournir le numéro de téléphone de Jun. Il pouvait bien sûr écrire à son fils à sa nouvelle adresse. Il lui suffisait pour ça de retrouver la maison sur Google Maps. Mais il doutait que ça serve à quoi que ce soit. Jamais Jun ne décrocherait. Jamais elle ne transmettrait ses courriers à Léo. C'était foutu d'avance. Il pouvait seulement attendre qu'en haut lieu on s'entende. Qu'une convention bilatérale soit établie, forçant la justice japonaise à reconnaître le droit de visite et l'autorité parentale aux étrangers mariés à un de leurs ressortissants, à défaut d'envisager de leur accorder un quelconque droit de garde. Forçant Jun à le laisser voir son fils quelques jours par an, à l'occasion des vacances, des séjours réguliers qu'il effectuerait là-bas et qui finiraient par le ruiner. Il y était prêt bien sûr. Et même à revendre le cinéma et à s'installer au Japon le jour venu s'il le fallait. Il lui faudrait juste y trouver un travail pour avoir le droit d'y séjourner plus de trois mois. Son affaire était suivie par le Quai d'Orsay. Ils seraient peut-être disposés à lui venir en aide. Mais sa mère avait raison. Tout cela prendrait sans doute des années. Tout cela ne se produirait peut-être jamais. Ou bien trop tard. Il voyait déjà les mois défiler, le visage de Léo s'effacer peu à peu de sa mémoire, et le sien de celle du gamin, le son de sa voix se perdre dans les limbes de l'oubli. Il voyait déjà le manque et la fureur s'apaiser de semaine en semaine, le deuil faire son travail, la vie reprendre le dessus. Était-ce seulement possible ? Il se tourna vers Lise. Ça faisait déjà des mois qu'elle avait perdu son fils. Est-ce que la blessure se refermait ? Est-ce qu'on passait un jour à autre chose. Est-ce qu'on guérissait comme on guérit d'un chagrin d'amour ? Parce qu'il s'agissait bien de cela dans le fond. De perdre un être aimé alors qu'il était encore en vie. De le savoir quelque part, peut-être heureux, mais sans nous. D'être sorti de sa vie sans l'avoir désiré et de devoir en prendre acte.

— Mais tu veux peut-être te reposer un peu, lui suggéra sa mère. Tu dois être épuisé.

Il la reconnut bien là. Toujours à s'imaginer que tout le monde était crevé en permanence. Toujours aux petits soins. Mais elle avait raison. Il avait besoin de dormir. Et longtemps si possible. À jamais, même, espéra-t-il à cet instant précis.

Il monta dans sa chambre. S'allongea sur son lit. Lise s'étendit près de lui. La couche était étroite et ils durent se serrer. Elle ne prononça pas le moindre mot. Se contenta de prendre sa main et de se blottir contre lui.

*

Ils rentrèrent en Bretagne deux jours plus tard. Cette fois c'est Lise qui conduisait.

Durant le trajet elle lui parla de son fils. Gabriel demeurait introuvable. La police la harcelait, persuadée qu'elle savait quelque chose. Qu'elle avait une idée de l'endroit où il se trouvait. Qu'elle l'avait peut-être même aidé à quitter l'hôpital et à se soustraire à la justice.

Elle était au bord des larmes. À elle aussi ne restait plus que l'apprentissage de la patience. Gabriel finirait peut-être par ressurgir un jour. Il serait temps alors de raccommoder ce qui pourrait l'être. De retisser le lien. Entre une mère et son fils, entre un père et son fils, rien ne disparaissait jamais vraiment. Nathan n'en était pas si sûr mais il voulait y croire. Et à l'avenir, ils essaieraient d'y croire ensemble.

Oublie-nous

(épilogue)

Lise était déjà levée. Elle se préparait dans la salle de bains. La librairie ouvrait dans une demi-heure. Ça faisait des mois maintenant qu'elle n'avait pas mis les pieds dans son appartement. Quand ils étaient rentrés en Bretagne après le retour de Nathan du Japon, ils avaient passé la nuit ensemble et elle n'était jamais vraiment repartie. Peu à peu elle avait transvasé ses affaires d'un étage à l'autre. Les souvenirs de la vie que Nathan avait partagée avec Jun avaient doucement été remplacés par les preuves de celle qu'il menait désormais avec Lise. Seule la chambre de Léo était demeurée inchangée. Il n'y entrait jamais. N'en avait pas le courage. Il avait trop peur de voir son cœur se briser et se répandre en éclats épars sur le parquet.

Lise avait résilié son bail quelques semaines plus tôt. Bientôt ils auraient de nouveaux voisins. À moins que le propriétaire ne se décide à ne plus louer l'appartement à l'année. Alors au-dessus de leurs têtes défileraient les touristes, entre deux périodes inoccupées, comme partout ailleurs dans l'immeuble.

Lise entra dans la chambre, se pencha vers lui et lui accorda un baiser.

— Bon, j'y vais. À ce soir.

Comme toujours, il n'entendit pas la porte claquer. Elle était sortie en fantôme. Il se leva et se glissa sur le balcon. La regarda d'en haut marcher le long de la plage, puis virer vers les rues commerçantes. À sa gauche son voisin le salua. En caleçon rouge. On progressait. Au moins Jorgen avait-il renoncé aux moule-boules. Sa compagne, qui désormais vivait avec lui en permanence, n'était pas beaucoup plus habillée. Il ignorait pourquoi ils avaient chaud comme ça tout le temps ces deux-là. En tout cas ça ne plaisait pas beaucoup à Lise de les voir se trimballer quasiment à poil à longueur d'année sur le balcon voisin. Elle trouvait que Nathan passait un peu trop de temps à fumer ses cigarillos sur le sien. Le soupçonnait d'en profiter pour mater sa jolie voisine. À moitié pour de rire. Mais à moitié seulement. Il ne pouvait pas lui donner tout à fait tort. Il avait toujours eu un penchant pour le voyeurisme. Et cette fille avait des seins extraordinaires.

Nathan le salua en retour et resta un moment à contempler la mer. Le ciel était limpide et l'eau émeraude. La baie étincelait. Il faisait encore doux pour la saison. La journée s'annonçait idéale. Pas sûr qu'il y ait grand monde au cinoche. En bas, Alfonso s'activait parmi les massifs de fleurs, désherbait les bordures de pelouse, lançait des regards méfiants aux locataires qui revenaient de leurs courses par la plage, des tonnes de sable sous les chaussures. Nathan rentra se préparer un café et le but en écoutant la radio. Il monta un peu le son quand les halètements caractéristiques de ses voisins commencèrent à lui parvenir. Comme tous les jours à cette même heure ils avaient quitté leur terrasse pour le lit. Grand bien leur fasse. Il était temps pour lui de se mettre en route.

Le hall était rempli de lycéens. On projetait *Les Misérables*. Quand l'enseignant l'avait contacté, Nathan s'était bien gardé de préciser qu'il ne s'agissait pas d'une adaptation de Victor Hugo. Planté devant l'affiche, le prof le regardait d'un air interrogatif. Ce type ne devait pas lire les journaux. Ou revenir d'un long séjour à l'autre bout du monde. Visiblement il n'avait jamais entendu parler du film. Il avait dû voir le titre dans le programme du cinéma et s'en était tenu là. Il n'allait pas être déçu du voyage.

— Vous l'avez vu ? demanda-t-il un peu inquiet. Ça m'a l'air d'une transposition à l'époque actuelle. Mais c'est quand même fidèle au livre ?

— Vous verrez bien... Au cinéma faut se laisser porter.

— Et c'est bien ?

Nathan haussa les épaules.

— En tout cas ça plaît. Si vous voulez vraiment mon avis ce n'est pas sans défaut. Mais disons que pour un premier film, c'est pas si mal...

Il laissa Sylvain accompagner la classe jusqu'à la salle. Le stagiaire eut un regard mauvais pour les paquets de bonbons et les cartons de pop-corn dont s'étaient munis les jeunes spectateurs. C'était bientôt la fin de son stage. Nathan ne savait pas trop ce qu'il pouvait bien en avoir retiré. À part la conviction que la vie d'exploitant n'était pas pour lui et la confirmation qu'il valait mieux bosser dans la production. Il se promit de lui filer un coup de main à l'issue de la projection et monta dans son bureau.

Une fois son café bu, il mit une dernière main au programme de la semaine à venir. Joachim Trier. Justine Triet. Kenneth Lonergan. Lee Chang-dong. Mia Hansen-Løve. Ce n'était pas très équilibré. Ça manquait un peu de film grand public, comme on dit. Mais il n'avait pas pu se résoudre à programmer les derniers qu'il avait vus. Un flot ininterrompu de merdes plus laides les unes que les autres. On se rattraperait dans les semaines suivantes. On annonçait Martin Scorsese et Spike Lee, Xavier Dolan, Nanni Moretti, Mike Mills, Damien

Chazelle, Alejandro González Iñárritu, Ira Sachs, Asghar Farhadi, Aki Kaurismäki, Sofia Coppola, Hong Sang-soo, les frères Dardenne, Christophe Honoré, Jacques Audiard et compagnie. C'était Cannes avant l'heure, cette année. Après avoir interverti deux ou trois séances il finalisa le document, le mit en ligne et envoya le fichier à l'imprimeur. Puis il consulta ses mails. Au milieu des messages professionnels, il repéra un courrier envoyé par Éric. Ce dernier voulait partager avec lui la grande nouvelle. Il avait enfin remis la main sur Hiromi. Elle vivait désormais à Kamakura avec Lya et Cerise, chez un type qui semblait être son nouveau compagnon. Il partait là-bas sans tarder. Il avait déjà quitté Saumur et lui écrivait de Roissy. L'embarquement n'allait pas tarder à commencer. Il savait ce qui l'attendait sûrement à l'arrivée, il y était préparé, Nathan lui avait raconté ses déboires mais tant pis, il préférait tenter le coup, tout valait mieux que rester ainsi sans agir. D'autant que son avocate lui avait livré une information qui l'avait affolé : si Hiromi épousait son petit-ami du moment, ce dernier serait fondé à lancer une procédure d'adoption pour les filles. Ça paraissait insensé mais selon la loi japonaise, c'était tout à fait envisageable. Elles auraient un nouveau père. Officiellement. Et Éric les aurait définitivement perdues. Alors voilà. Il n'y avait pas un instant à perdre. Il devait y aller. Quel que soit le prix à payer.

Nathan quitta sa boîte mail, le cœur en miettes. Il pensa brièvement à Samuel qui lui aussi projetait de retourner au Japon coûte que coûte, ne pouvait s'empêcher de croire que le temps jouait en sa faveur, qu'au bout d'un moment son ex-femme finirait par s'adoucir. Il lança Google pour effectuer ses recherches quotidiennes. Pour Lise d'abord, puisque de son côté elle n'en avait plus le courage. Ainsi, chaque jour, il parcourait la Toile à la recherche de Gabriel. Comme elle l'avait fait si longtemps elle-même, il scrutait les photographies de manifestants aux quatre coins de la France, faisait défiler les vidéos prises en direct des cortèges, captant les affrontements les plus violents. Puis il parcourait les sites d'information à la recherche d'une brève évoquant son arrestation – Gabriel étant majeur, Lise disait qu'il n'était pas certain qu'on la prévienne. Elle était toujours sans nouvelles, sans piste. Et son ex-mari ne lui était plus d'aucune aide. Cette fois il ne voulait plus entendre parler de son fils. Prétendait vouloir le rayer de sa vie, de sa mémoire une bonne fois pour toutes. Vouloir ne plus se souvenir qu'il en avait eu un jour. Il espérait que ce soit possible. Que le temps ferait son office. C'était trop douloureux autrement. À Lise, cela semblait parfaitement irréalisable. Et surtout pas souhaitable. Elle n'avait pas abdiqué. Tentait simplement de domestiquer le vide que ça creusait dans sa poitrine. De s'y habituer. C'était tout et ce n'était déjà pas si mal.

Nathan était loin d'en être arrivé là pour sa part. Et à vrai dire il ne le souhaitait pas. S'habituer à l'absence de Léo le terrorisait. Y penser le fracassait. Il s'agissait de trouver un entre-deux. De vivre en funambule. À distance raisonnable du chagrin le plus vif, sans jamais le laisser le semer tout à fait. Du Japon ne lui parvenait aucune information nouvelle. Arthur et Clément Tellier y étaient en ce moment même. L'enquête conjointe des autorités françaises et japonaises se poursuivait, toujours trop mollement à leur goût. Rien n'en ressortait pour l'instant. Combien de temps allaient-ils pouvoir tenir ainsi ? De l'argent récolté ne devait rester que des miettes. De leur espoir de la retrouver en vie pas beaucoup plus. Mais ils voulaient des réponses. N'importe lesquelles, mais des réponses. De son côté Nathan n'avait pas reçu d'appel ni d'envoi récents de la part de Muro. Ce dernier avait accepté de maintenir une sorte de veille, moyennant une somme mensuelle exorbitante que Lise contribuait à régler. Régulièrement il lui envoyait des photos de Léo. Dans la cour de l'école. Avec ses copains au square. Devant chez lui sur son vélo. Dans le jardin de ses grands-parents. Ça le faisait chialer à tous les coups. C'était insoutenable. Il hésitait à lui demander d'arrêter.

Jun et son fils vivaient de nouveau à Kyoto. Ils avaient quitté Miyajima deux mois après son retour en France. Un poste avait fini par se libérer dans l'atelier de Sagano. Elle y avait repris l'emploi qu'elle avait abandonné des années plus tôt pour rejoindre Nathan et s'établir avec lui en Bretagne, y ouvrir sa propre boutique et y concevoir un enfant. Comme si elle l'avait définitivement rayé du paysage. Comme si rien de tout ça n'avait jamais existé. Pourtant ça le rassurait de les savoir de nouveau dans ces rues, ces paysages. Il avait l'impression de moins les perdre de vue. D'en être séparé moins radicalement. Il pouvait tout imaginer de leurs journées, de leur vie. Les suivre à la trace. Il connaissait les lieux par cœur. Le rythme des jours. La texture de l'air. Les parfums. Les sons. Les variations de lumière. Tout. Il pouvait tout reconstituer. Au jour le jour. Minute par minute.

Il fit aussi quelques recherches concernant sa situation juridique. Régulièrement, à travers le monde, de nouveaux articles paraissaient sur le sujet. Mais rien n'évoluait. Quelques semaines plus tôt une femme du Quai d'Orsay l'avait appelé pour lui dire de ne pas désespérer. Les choses avançaient, lui avait-elle répété. Elles allaient aboutir. Nathan l'avait écoutée patiemment, mais elle était demeurée désespérément vague quand il lui avait demandé : Aboutir oui mais quand ? À quel horizon ? Vous parlez de jours ? De semaines ? De mois ? D'années ? De putains de décennies ?

Il ferma Safari et se remit au travail tout en surveillant l'heure. C'était la première fois qu'il accueillait un réalisateur japonais. Il était rare que ceux-ci se livrent à ce genre d'exercice en dehors de Paris. Mais quand Nathan avait fait sa demande, le distributeur avait sauté sur l'occasion. Haruki Kawakami rêvait de visiter le Mont-Saint-Michel. Ce n'était pas si loin d'ici. Ce serait l'occasion parfaite.

*

Il pleuvait des cordes. On peut dire qu'il avait eu le nez creux avec sa « journée idéale ». Il les vit se hâter sur le quai. On l'avait prévenu que le cinéaste serait accompagné d'une interprète mais il sentit tout de même sa poitrine se contracter quand il la vit s'approcher. Elle avait quelque chose de Jun. Pas seulement la silhouette, les traits du visage, la coiffure. Mais aussi les gestes, et quelque chose dans la voix. Elle plaisanta sur le temps breton tandis qu'il serrait la main d'Haruki Kawakami et leur offrait un parapluie. Nathan en avait toujours un avec lui, même le 15 août – il ne vivait pas dans la région depuis vingt ans pour rien.

Quand ils sortirent de la gare, la pluie s'était transformée en grêle. Ils coururent jusqu'à la voiture en poussant des petits cris idiots et rirent de leur mésaventure une fois à l'abri de l'habitacle. Nathan leur proposa de patienter quelques minutes. Le temps que ça se calme. Le temps d'y voir quelque chose. Un silence gêné s'installa. Personne n'aurait su dire pourquoi. Des inconnus dans un lieu confiné, ça créait toujours une ambiance un peu étrange, qu'on se retrouve coincé dans une bagnole ou un ascenseur. Ou bien c'était la traductrice qui le troublait. Nathan monta le son de la radio pour meubler. Bientôt le cinéaste se mit à fouiller dans ses affaires. Puis lui tendit un sac en papier bleu nuit et clos par des agrafes.

— C'est un cadeau pour vous, lui annonça l'interprète. Ce n'est pas grand-chose. Ça vient de Kyoto.

Nathan les remercia d'un sourire. Hésita à ouvrir le sac puis se rappelant que ça ne se faisait pas au Japon, il le cala contre la portière avant de jeter un œil au pare-brise. La grêle avait cessé. On pouvait y aller.

Ils déjeunèrent à l'abri des fortifications. Un restaurant de poisson plutôt pas mal. En passant devant celui de Naoko, Kawakami s'était attardé un moment sur la carte. Nathan avait fait mine de ne pas s'en apercevoir. Il avait continué à marcher sans ralentir. De toute façon le cinéaste n'était quand même pas venu en France pour manger japonais, non ? Ils passèrent le repas à parler du Japon et de Kyoto, de musique et de littérature. Et bien sûr de cinéma. Kawakami se montra d'une modestie sans faille quand il fut question de ses propres films. À l'entendre il n'était qu'un simple artisan. Un raconteur d'histoires. Les prétentions artistiques de ses confrères européens le faisaient rire. D'autant qu'en général elles étaient moins visibles à l'écran que dans leurs interviews.

Après le repas ils se baladèrent sur les remparts. Le ciel s'était remis sur son trente-et-un. La lumière inondait la mer phosphorescente, ravivait le jaune du sable, soulignait la découpe acérée des îlots, repoussait l'horizon. Tout était parfait. Une vraie carte postale. Nathan joua le guide touristique une bonne partie de l'après-midi. Ils avaient l'air éblouis par la beauté des lieux. Il ne put s'empêcher d'en concevoir une certaine fierté. C'était con, il le savait. Comme s'il y était pour quelque chose.

Ensuite il les conduisit à leur hôtel. Il n'aima pas la façon qu'eut son cœur de s'emballer quand la traductrice le remercia en souriant pour la balade. Pendant tout le déjeuner, puis durant toute la promenade, il n'avait pas pu s'empêcher de la manger des yeux. Il était comme Daniel Balavoine. La vie ne lui apprenait rien.

*

Les séances de l'après-midi s'achevaient (le dernier Salvadori, les nouveaux Ruben Östlund et Nanni Moretti). Nathan interrogea Iris du regard. Derrière sa caisse, elle lui adressa une moue mi-figue mi-raisin. Les salles étaient clairsemées comme toujours en semaine à cette heure en dehors de vacances. Et le retour du beau temps n'avait rien arrangé. Il y aurait sans doute plus de monde en soirée. Nathan lui donna quelques instructions concernant l'avant-première, redressa un panneau publicitaire annonçant la sortie du prochain Barry Jenkins qui penchait dangereusement, remit un peu d'ordre dans les présentoirs où s'entassaient les programmes de la semaine et se rendit à l'hôtel.

Le Royal Émeraude faisait face au cinéma. Il n'eut qu'à traverser la rue pour accueillir les journalistes à qui il avait donné rendez-vous. Le cinéaste et son interprète étaient déjà là, ponctualité japonaise oblige. Leurs intervieweurs quant à eux eurent tous un bon quart d'heure de retard. Aucun d'entre eux ne prit la peine de s'excuser. Nathan assista aux entretiens. Les questions frisaient l'incompétence et trahissaient l'impréparation mais Haruki Kawakami fit preuve d'une patience et d'une courtoisie parfaites. Ses réponses étaient précises, sans fioritures. D'une extrême simplicité dans la forme. Et d'une grande sophistication sur le fond. Comme souvent avec les grands maîtres japonais. C'était passionnant. Et Nathan aurait pu rester des heures à regarder la traductrice exercer son métier. À contempler son visage, ses grands yeux noirs, ses mains très fines, ses poignets graciles, ses chevilles. S'il n'y avait pris garde, il aurait très bien pu replonger et tomber amoureux aussi sec. Qu'est-ce que ça pouvait bien signifier ? Qu'est-ce que ça disait de lui ? Était-ce Jun qui le troublait à ce point à travers la jeune femme ? Ou avait-il un gros problème de fétichisation des Japonaises ? Il se rassura en penchant pour la première piste. Bien que tordue, elle lui paraissait plus facilement pardonnable. D'autant qu'il partageait sa vie avec Lise désormais.

Le buffet qui suivit se déroula dans une ambiance détendue. Kawakami et sa traductrice furent accaparés par les invités et répondirent sans broncher aux questions les plus ineptes sur leur pays. Certains interlocuteurs semblaient persuadés de mieux connaître le Japon qu'eux et péroraient sans honte. C'était un phénomène très français. Nathan les en avait prévenus et pas un instant ils ne se départirent de leur sourire et de leur bienveillance. Tout roulait. Pourtant Nathan avait du mal à contenir sa nervosité. Il ne cessait de guetter les allées et venues. Il s'y préparait depuis plusieurs jours. Et si les Japonaises du coin rappliquaient ? Yoko, Midori, Ito, Naoko… Depuis son retour il s'était appliqué à les éviter. C'était peut-être idiot. Rien ne disait que le procureur n'avait pas inventé tout ça. Leurs témoignages. Les confidences que leur aurait glissées Jun. Et quand il avait pris à part le mari de Naoko, celui-ci lui avait juré que sa femme n'avait pas eu le moindre contact avec Jun depuis la veille de son départ, et qu'à cette époque elle ignorait tout de son projet. Mais c'était ainsi. Il ne pouvait se résoudre à croiser leurs regards. À leur demander des comptes. Il avait trop peur de sa réaction si l'une d'entre elles avouait. Il avait trop peur de ne rien leur pardonner. Trop peur de sa propre fureur. Il avait fait trop de rêves où il les étranglait. Il avait eu trop de fois envie de les torturer, de les éviscérer et leur lacérer la gueule. Il avait vu trop de Tarantino dans sa vie. Ça finissait par le contaminer.

Mais aucune d'elles ne vint. S'il cherchait une confirmation il l'avait. Il n'y avait pas que lui qui les évitait depuis des mois. C'était parfaitement réciproque.

À sa grande satisfaction, la projection afficha complet et les applaudissements furent nourris. Le film le méritait. C'était la deuxième fois qu'il le voyait et il ne l'en aima que plus encore. La beauté des plans l'émut de nouveau aux larmes. Que le récit soit centré sur la relation entre un père et son fils, à qui, cette fois encore, il identifia Léo de bout en bout y était sans doute pour quelque chose. La discussion achevée, il raccompagna le cinéaste et son interprète. Ils étaient ravis de leur journée mais épuisés. Demain ils se levaient tôt pour se rendre au Mont-Saint-Michel. À son tour il leur remit le petit cadeau qu'il avait prévu de leur offrir à chacun, un coffret d'épices de chez Roellinger, et frissonna quand la jolie traductrice lui colla une bise à la française pour lui dire au revoir.

Ce n'est qu'à ce moment précis que le sac bleu nuit que lui avait remis Kawakami lui revint à l'esprit.

*

Lise était déjà au lit. Elle avait quitté le cinéma sitôt le film terminé. Elle l'avait beaucoup aimé elle aussi, mais n'était pas certaine que ça ait fait beaucoup de bien à Nathan de le voir une seconde fois. Pas plus que de passer la journée avec deux Japonais, venant de Kyoto qui plus est. Il haussa les épaules. Il y avait longtemps qu'il ne se souciait plus d'identifier ce qui lui faisait du bien ou du mal. Il se contentait d'avancer comme il pouvait, avec la sensation permanente qu'on lui avait arraché un membre. Qu'on l'avait expulsé de sa propre vie et qu'il évoluait désormais dans une réalité parallèle, à peine différente de la précédente mais nimbée d'étrangeté et peuplée de fantômes.

— C'est quoi ? lui demanda-t-elle en désignant le sac bleu nuit qui pendait à sa main droite.

— Un cadeau. Ça vient de Kyoto.

— Ben ouvre-le.

Nathan s'assit sur le lit avant de s'exécuter. En dégrafant le sac et en découvrant le paquet à l'intérieur un léger doute le saisit. Il le chassa immédiatement de son esprit. Mais la pensée s'y accrocha. Ce papier cadeau... Ce motif... Cette façon de le plier... C'était sûrement une coïncidence. Il déballa soigneusement l'objet sans prendre garde à la petite carte qui s'échappa de l'emballage.

C'était une céramique. Une coupelle ovale et profondément incurvée. D'un anthracite profond aux contours elle se parait en son centre d'une flaque d'émail turquoise incrustée d'éclats topaze et carmin. Du beau travail. Un style reconnaissable entre tous. Son cœur se comprima. Il retourna la coupelle pour vérifier. Et reconnut tout de suite la signature tracée à la pointe d'un couteau. Ses mains se mirent à trembler.

— C'est beau, fit Lise sans comprendre, tout en lui tendant la petite carte qu'elle venait de ramasser.

Nathan la saisit. Elle portait le logo de l'atelier de Sagano. Au dos figuraient quelques mots. À l'encre bleue et en français. L'écriture lui était familière, elle aussi. Il lut et se leva d'un bond. La coupelle entre les mains, il se précipita sur le balcon sans un mot, et la jeta de toutes ses forces. Dans la nuit silencieuse elle alla s'écraser contre les dalles, sept étages plus bas, et éclata. Alertés par le bruit, les Lenoir se précipitèrent sur leur terrasse.

Nathan les rassura d'un geste de la main, haussa les épaules : il ignorait ce qui s'était passé mais ça n'avait pas l'air bien grave. Ils regagnèrent leur salon où les attendaient une dizaine de convives de leur âge que l'alcool avait rendus hilares. Nathan resta un moment à contempler les éclats répandus sur le sol tandis que Lise se serrait contre lui. Dans la lueur blanchâtre des lampadaires les parties émaillées brillaient intensément. Un archipel. Des petits éclats lumineux qui ne s'éteindraient jamais vraiment. Un instant il hésita à descendre pour les ramasser et les mettre à la poubelle. Puis il se dit qu'Alfonso s'en chargerait. Ça le changerait du sable. Mener l'enquête et débusquer le coupable l'occuperait des jours entiers. Et puis ça lui donnerait une bonne raison de râler pour une fois. Ce type aimait tellement fulminer. C'était son plus grand plaisir dans la vie, Nathan en était convaincu. Il y avait des gens comme ça, qui adoraient se sentir en colère contre tout et n'importe quoi. On en voyait plein, partout, tout le temps. Parmi nos proches, dans la rue, au café du coin. Dans les bureaux. La sphère publique. En politique. C'était leur façon de se sentir vivants, sans doute. Et quand rien autour d'eux ne se produisait qui puisse justifier leur fureur, ils en inventaient l'objet de toutes pièces.

Nathan rentra dans l'appartement. Pour la première fois depuis longtemps il ouvrit la porte de la chambre de Léo et alluma la lumière. Sous son crâne, les mots que lui avait adressés Jun se répétaient jusqu'à la nausée.

Oublie-nous. Tout peut s'oublier.

Il la reconnaissait bien là, tiens. Elle qui aimait tellement la chanson française. Brel, entre autres.

Il regarda un moment l'agencement des meubles, les objets, les livres, les affiches. Ressortit et prit des grands sacs-poubelle sous l'évier de la cuisine. Les rapporta dans la chambre et les remplit. Livres, peluches et figurines. Jeux de société. Lego, Playmobil. Posters et tableaux dans leurs cadres. Pulls, pantalons, tee-shirts, caleçons, chaussettes. Même la housse de couette et les taies d'oreiller. Il fit ça à toute vitesse. Sans réfléchir et des larmes plein les yeux. Le cœur en lambeaux. Il parlait tout seul. Maudissant Jun. Se demandant à voix haute comment cette fichue carte avait pu se retrouver dans ce putain de paquet-cadeau. Émettant des hypothèses. La plus simple était aussi la plus plausible. Kawakami avait dû préciser en achetant la coupelle que c'était un cadeau pour un type en France qui tenait un cinéma en Bretagne. Intriguée, Jun avait dû lui demander des précisions. Il ne lui en avait pas fallu beaucoup pour faire le lien. Le nom de la ville avait suffi.

À la fin il ne restait rien. Une chambre sans décoration. Parfaitement anonyme. Nathan sortit de l'appartement pour tout balancer dans les bacs jaunes, verts ou gris du local à poubelles. Tant pis pour le tri sélectif. Tant pis pour Alfonso. Après ça il retourna dans la chambre et entreprit de démonter le lit, les étagères, la commode, le bureau, le coffre à jouets. Une heure plus tard ne subsistait qu'un amas de planches multicolores et un matelas. Il multiplia les allers-retours jusqu'au parking de la résidence. Déposa le matelas et les vestiges des meubles près des conteneurs à ordures. Il appellerait les encombrants plus tard.

Son dos lui tirait. Il avait les bras en feu. Ses yeux étaient irrités à force de larmes sèches. Tout ce temps, Lise l'avait regardé faire sans rien dire et il l'aima plus encore pour ça. Quelle que soit sa manière de se débrouiller avec sa douleur, elle acceptait. Ne jugeait pas. Et se tenait à ses côtés.

Quand tout fut fini, elle l'embrassa doucement et ils contemplèrent la chambre tout à fait vide.

— On en fera un bureau, lui dit-il. Ou une chambre d'amis. Ou ce que tu voudras.

— Une chambre de bébé, peut-être, répliqua-t-elle à mi-voix.

Il n'aurait su dire si elle était sérieuse ou si elle plaisantait. D'autant qu'ils avaient tous deux passé l'âge. Dans le doute il s'abstint de réagir et éteignit la lumière.

13414

Composition
NORD COMPO

Achevé d'imprimer à Barcelone
par CPI Black Print
le 2 février 2022

Dépôt légal : février 2022
EAN 9782290261040
OTP L21EPLN003033N001

Éditions J'ai lu
87, quai Panhard-et-Levassor, 75013 Paris

Diffusion France et étranger : Flammarion